逆光

让关爱的阳光，
照亮每一位残疾人的心灵

刘海新 主编

中国书籍出版社
China Book Press

图书在版编目（CIP）数据

逆光：让关爱的阳光，照亮每一位残疾人的心灵／刘海新主编. — 北京：中国书籍出版社，2021.3
ISBN 978-7-5068-8398-6

Ⅰ. ①逆… Ⅱ. ①刘… Ⅲ. ①诗集－中国－当代 Ⅳ. ①I227

中国版本图书馆CIP数据核字（2021）第046156号

逆光：让关爱的阳光，照亮每一位残疾人的心灵
刘海新　主编

图书策划	武　斌　崔付建
责任编辑	成晓春
责任印制	孙马飞　马　芝
封面题字	张志民
封面设计	鸿儒文轩
出版发行	中国书籍出版社
地　　址	北京市丰台区三路居路97号（邮编：100073）
电　　话	（010）52257143（总编室）　（010）52257140（发行部）
电子邮箱	eo@chinabp.com.cn
经　　销	全国新华书店
印　　刷	三河市华东印刷有限公司
开　　本	880毫米×1230毫米　1/32
字　　数	136千字
印　　张	7.75
版　　次	2021年4月第1版　2021年4月第1次印刷
书　　号	ISBN 978-7-5068-8398-6
定　　价	48.00元

版权所有　翻印必究

序　言

残疾人，一个特殊的社会群体。

他们被上天剥夺了身体上的完美，他们有的听不到这个世界的声音，有的看不到这个世界的东西，有的无法用自己的双腿双脚丈量厚实的土地……但这个特殊的人群中，同样有对美好生活的向往。他们的残疾遭遇虽然不尽相同，但成长的经历却高度相似，始终不向命运低头，身残志坚、自强不息、昂扬向上、不畏艰险、脚踏实地、艰苦创业、励志求学、勇攀高峰、心怀感恩、回报社会。他们不仅成为人生路上的"强者"，还用爱心温暖帮助他人，影响帮助了更多残疾人士圆梦奔康。

习近平总书记说："健全人可以活出精彩的人生，残疾人也可以活出精彩的人生。我们每个人都要珍惜生命、追求健康，努力创造无愧于时代的精彩人生。"古今中外，残疾人身残志坚、自尊自立、奉献社会的奋斗事迹不胜枚举。在当代中国，在改革开放进程中，他们同样是改革开放大潮的弄潮儿。他们的事迹感人至深、催人泪下，激励了全社会的奋发自立精神。他们身上的精神就是自强不息精神，就是我们的民族精神、时代精神，也是社会主义核心价值观的应有之义。

"全面建成小康社会，残疾人一个也不能少。"为充分展示残疾人的艺术创造和积极向上的精神风貌，丰富残疾人精神世界，讴歌真善美，弘扬正能量，山东省阳信县残疾人联合会、阳信县作家协会、北京鸿儒文轩文化传播有限公司，联合承办了本次诗歌征文活动。本次征文，得到了海内外众多热心诗友，尤其是残疾人朋友的支持。他们纷纷拿起手中的笔，寄来了一首首精品力作，从不同侧面展现了广大残疾人勇敢迎接生活挑战、奋发有为的精神风貌。诗歌作品或记叙、描写、抒情、言志、思想、生活、感发、理性，充满了作者对人生的思考，对生命的追问，表达了对人生意义的思索，展示了诗人丰富的内心世界和高尚情怀。组委会从中遴选编辑了部分优秀诗歌，结成《逆光——让关爱的阳光，照亮每一位残疾人的心灵》一书。因时间仓促和编者水平关系，难免遗漏个别佳作，敬请广大诗友谅解。

点点滴滴足以汇聚成一部壮丽的励志英雄传，足以给予更多残疾人直面人生的力量。期望这些文字能带给读者心灵的启悟和思绪的飞扬，激励更多的残疾人更加勇敢地面对生活的挑战、更加勇敢地为追求梦想而努力！

无论身在何方,我们欢迎分享传播你的、她的、他的、他们的励志故事。您的分享传播,带来的可能是广大残疾人朋友生活中的一线光亮。

是为序。

刘海新

2020 年 12 月

目录 /Contents

001　序　言　/刘海新

001　绚　丽（外二首）　/高　淳
006　我们都是太阳　/（捷克）汪温妮
009　单翅飞翔的雄鹰（外一首）　/徐玉峰
013　风中，怀念故乡的树（外三首）　/刘海新
022　世上最美的花儿　/李泽清
025　陪伴暴雨（外四首）　/李志华
029　蒋家小馆的灯光　/李铁峰
031　梦想，同在一片蓝天下（组诗）　/曹　新
035　拄拐杖的诗人　/姚树森
038　她能摘下一片云朵　/倪周童
040　是　光　/迢　迢
042　敬　你　/喻忠平
045　狗啃过的骨头也有肉（外二首）　/汪再兴

049	生活就是让你历经沧桑,方知如此之幸	/李安妮
051	一如初见逆光美(外一首)	/潘相成
054	命若琴弦	/李　坤
056	阳光照耀的轮椅(外二首)	/王海清
061	瓜子大姐	/陈克锋
063	每一点雨水,是掉落在生命里的呼鸣	/钟远锦
066	盲者的来信(外一首)	/宿　心
069	光从破碎的地方照进	/晓　风
071	在没有光亮的日子里请你继续前行	/李涛宗
074	你是一束光	/闵保华
077	让苦难开出鲜花(外二首)	/康绥生
080	格律诗三首	/胡永清
082	守望者(外一首)	/何铜陵
086	六月的天空如此美丽	/邓本科
090	飞　翔	/吴　桧
092	扶贫日记	/王富祥
094	鸿　雁(外二首)	/高长安
096	无花果(外二首)	/翟星彦
100	牵　手(外一首)	/徐贵保
103	天空,依然那么蓝	/马国龙
105	孤独的帆(外一首)	/夏　冰
108	壳(外二首)	/杜文辉
111	永不放弃	/纪福华
117	夺　走	/李奕锋
119	挂拐杖的父亲给邻居打制凳子	/江　雨

121	我愿做生活那一尾鱼（外二首）	/ 宾　伟
124	咏洪湖莲（外二首）	/ 匡天龙
126	我的战场，无人能挡	/ 姜露露
128	并着肩同行	/ 姚俊名
130	逆　流	/ 徐瑞阳
132	致敬生命	/ 李晨辉
134	我愿意成为一只飞翔的天鹅	/ 胡庆军
137	摸出来的大学梦	/ 喻剑平
139	哑巴姓周	/ 华　石
141	父亲，从不穿短袖	/ 朱继忠
143	生　活	/ 李　立
145	命　运	/ 汤红辉
147	尘世将被水滴穿透（组诗）	/ 温　青
151	灵异三章	/ 吴昕孺
153	活成一束光	/ 初淑珠
155	眼下，他的稻田金黄	/ 早布布
157	会刺绣的维纳斯	/ 刘雅阁
160	让他们的生活充满阳光（外二首）	/ 龙晓初
163	大　爱（外三首）	/ 易　勇
165	闻何西卓事迹有感	/ 黎沅堃
166	我们的中心（外三首）	/ 枫　子
170	秋日·母亲·棉衣（外一首）	/ 宋永亮
175	点　赞（外二首）	/ 陈放平
178	那些花儿（组诗）	/ 果萌萌
181	希望之光	/ 冀新芳

183	遇　见	/王　蕾
185	最美的逆行	/祝广信
188	逆　光	/程建柱
190	不一样	/李红梅
192	灵魂永在（外一首）	/王　宁
195	渴望一缕阳光	/漠　飞
197	我不能停（外一首）	/孙慧芹
200	正名章	/郭　静
202	跪行人生	/温　暖
204	重　生	/左丽宁
207	一个聋哑孩子的人生轨迹	/窦同霆
209	舌尖上的奇迹	/耿玉芝
213	马踏飞燕（组诗）	/张君亭
219	树（外二首）	/闫法泉
221	舞　者（外一首）	/王雪岩
224	在我的世界里	/郑安江
226	风雨阳光路	/董　丽
229	我的世界，我的阳光	/泪无痕
231	后　记	/刘庆祥

绚 丽（外二首）

◎ 高 淳

男，汉族，中共党员，江苏省作家协会会员，第二批常熟市高层次宣传文化中青年拔尖人才。1984年生于北京，江苏常熟人。身体瘫痪，初中毕业，高中失学。2002年正式开始文学创作，作品有诗歌、散文、小说，发表于《雨花》等杂志以及各类报纸的文艺副刊。著有长篇小说《风逝》《生死时代之双雄》、中短篇小说集《夜雨十年灯》、散文诗歌集《寒窗孤梦》。2010年，央视CCTV-10的《人与社会》栏目曾多次播放关于高淳《风逝》的专题纪录片《著书的背后》。2018年，高淳的部分小说作品及人生经历被浓缩改编为院线电影《指尖世界》，该片于2019年12月31日起在全国公映。高淳曾先后被评为苏州市文明市民标兵、江苏省自强模范、苏州市劳动模范、苏州好青年、常熟市文联系统优秀文艺工作者、江苏省全民阅读工作先进个人、常熟市道德模范、全国百姓学习之星。

我无法行走
在这个满是坎坷的尘世里
流光飞舞的生活只是远处的绚丽
命运的脚镣让我与沉重一体
于是自由成了我幻想中的羁旅
孤独成了我最好的朋友

但是活着不能等待生老病死
你终会被某种价值召唤
然后赴汤蹈火,勇往直前
人走向身体之外的灵魂
只有抵达彼岸,你才能宣告存在
所以,困境永远不是人类绝望的理由

意义是从何处飘来的云彩?
精神生存才给我们最丰富的快感
从来就不会有什么圆满的人和事
所以每个人的翅膀都只能靠自己生长
燃烧吧,那想要飞跃的意志
前进吧,走向那重获价值之途
人需要为了希望而勇敢
那样你才能砸碎命运的铁环

不要害怕跌跌撞撞与迷迷茫茫

披荆斩棘的路上总免不了血泪在场
能用什么救回你失去的尊严？
只有你心中火红的拼搏誓言。
忘记悲哀，正视困境，拿出勇气
你的敌人永远是你与生俱来的命运
你的命运终究只能被你自己所征服
所以，切记把自强不息刻进你的骨头里
因为，你终可以超越今天的自己，飞向彼岸的绚丽

逆 光

逆光飞翔需要张大双眼
纵然太阳的利箭会穿透视界
云层浓厚得像水泥
但空隙处还可供人喘息
命运的奥秘在找不到的地方
忘记了才会走向安宁

翅膀从来不会长在人的身上
鸟的自由只是混沌的歌唱
看到了羽毛坠落的人会悲伤
而把脑袋拎向天空的傻子却欢喜
逆光是种向往
希望可以咬碎固体的平庸和绝望

风向只是麻木者的自觉
血在宇宙的滚热处跳动
预测时间是种自我的枷锁
开放此岸才能面向彼岸
飞翔在理念不能照见的高处
人的障碍才会如幻影消除

喝下一杯没有欲望的迷魂酒
人才能够在镜前看到自己
把悲观和乐观一起淹死
人才能得到恩赐的邂逅
此在就是富足
不望即可前行
行到何处是天涯
何处安心即家乡

英　雄

节奏的断裂里
卧着一把刀
皱纹的最深处
埋着雪粒
痛在心口颤动

蝴蝶带不走沉默

背影并不潇洒
路上也没有敌人的血
回忆里是无尽的荆棘
还有无数的崇山峻岭
汗和泪
是全部的人生滋味

寂寞的天地间
兀立着人和影
无红袖添香
与江山同在
前面是一座高峰
不是海市蜃楼

时间磨不掉锋芒
诱惑改变不了方向
蓦然回首
只是有些沧桑

我们都是太阳

——向史铁生致敬

◎（捷克）汪温妮

> 汪永，笔名汪温妮。捷克华文作家协会会长，中捷文化艺术科技协会会长，中国作家协会会员，世界海外女作家协会成员，世界华文作家交流协会副秘书长，世界风笛诗社成员。创作内容包括散文、小说、电影剧本和现代诗歌。1991年开始发表作品，著有中篇历史言情小说《辛亥第一枪》，后陆续创作《闯东欧》系列叙事散文。1998年和珠江电影制片厂编剧合著《布拉格有张床》电影文学剧本。不同体裁的作品在全国和世界的各种杂志和报刊上发表，在全国诗歌比赛和欧洲诗歌比赛中多次获奖。

听　是谁这么悲伤
看　鸿雁折断了翅膀

悲伤止不住缺失的伤痛
怎能说服你昂头的坚强

你转动起你的轮椅
你走向你的地坛
用什么来祭祀青春
沉重的心含泪无语

你不是超凡脱俗的神
突来的暴雨让你轰然倒塌
一位憧憬着未来的青年
母亲的爱也安慰不了你的伤

你每天都躲在地坛
在地坛里看花听雨
看蚂蚁如何搬家
羡慕松柏的挺拔

看生命没有优劣大小
正视每一种生命的存在
看年老的夫妇挽手慢步
弱智女孩举起花朵奔跑

地坛给了你的思考

地坛让你看到了博大
你举起了祭祀青春的酒
写下:"世界以痛吻我
而我报之以歌"

参悟的你用车轮站立
要去帮助其他的病人
安慰保护和鼓励他们
告诉他们自己是自己的太阳

单翅飞翔的雄鹰(外一首)

——记一位独臂汽车修理工

◎ 徐玉峰

山东省阳信县人,转业军人,鲁迅文学院山东作家高级研修班学员,山东省作家协会会员,山东省散文学会副秘书长,滨州市作家协会副主席,阳信县作协主席。作品散见于《解放军文艺》《山东文学》《时代文学》《当代散文》《佛山文艺》《作家报》《齐鲁晚报》《联合日报》《渤海》等刊物。

短视频
场景很真实
一个男人
满身的油污
一幅不算魁梧的身躯
和画面上堪称巨大的汽车轮子

看上去
这是一个普通的汽车维修铺
惊奇　是在一瞬间产生的
他把工具固定好
整个人弹射出去
用身体的重量替代那只断臂
完成了生活中难度系数最大
也是最华丽的转身

折翅是苦难降临
修复内心和伤痛的过程
是人生涅槃
面对世界的拒绝
内心如狂风般的撕裂
挥动断臂
搏击苦难降临的命运
探寻能够飞翔的天空

还好有不屈的精神
还好有坚强的毅力
还好有朋友的支持
还好有家庭的温暖
他用断臂撑开了护佑妻儿的生活伞
再也无惧风雨

现代网络　多彩世界
他直播自己的努力生活
他誓言
活出自己的一片天空

怀念战友

明天是"八一"建军节
是书成与月亮对话的日子
他习惯了这样的方式
邮寄心情
所有的思念
都在今晚到达

有风吹来
先是很轻很轻
如同战友当年的脚步
只让他看到一个扑倒新战友的身影

再后来
味道越来越浓
他分不清是硝烟的味道
还是战友带来的征尘
刺激得泪眼婆娑

眼泪滴落在断指的截面
清凉如夜露在内心蔓延
凉意
浸润着那些痛楚与牵挂
体内的那枚弹片
与战友的身影
在每年的"八一"准时苏醒

风中,怀念故乡的树(外三首)

◎ 刘海新

1972年12月出生,中共党员,本科。1990年7月参加工作,现任山东省阳信县残联党组书记、理事长。其主编出版有《阳信文化志》《阳信文物通览》《阳信文化撷珍》(分《阳信民间故事》《阳信非遗传承》《阳信方言大观》《阳信历代诗词》《阳信文物集萃》五本)《追梦》《画说阳信》等),并有诗歌、散文、评论、新闻作品散见于全国各类报纸杂志。

(一)
偏安乡隅　浑身长刺
一株株花椒树
与命运针锋相对
即便一米阳光
也能长成疏密篱墙

结满繁星闪烁的籽
赴汤蹈火　碾成齑粉
调和乏味的岁月
时而麻辣
时而辛香

（二）
你爱我　舞文弄墨
我爱你　矜持羞涩
两小无猜　青梅竹马
可后来　后来
唢呐声声　声声喇叭
石榴花红似火
我千里约会明月
你嫁给了五月的夏
枝头摇曳的三五麻雀
捎来的晶莹心事
只有风儿懂得
酸中的甜
苦中的涩

（三）
依稀记得　那棵树
还是弱小椿苗

可仿佛眨眼间

它就高出墙头几许

长得亭亭玉立

长得枝繁叶茂

春风里　春风里

娘掐把头茬紫芽

炒盘柴鸡蛋

给老爹

佐酒　下饭

逝

（一）

儿时的夜　格外漫长

孱弱的光　忽暗忽亮

又是一觉醒来

月牙儿高高挂在树梢

摸摸枕下偷藏的半颗果糖

炕头的大花猫蜷缩打盹

蟋蟀们在墙角窃语

热聊着《诗经》里某个篇章

奶奶的纺车还在嗡嗡哼唱

那闪烁跳跃的火苗

映出面黄肌瘦的脸庞

只是　一不小心
就会把滚落的泪珠烫伤
如今　那盏油灯
早就　不知所踪

(二)
孤寂的窗外
轻佻的风呼呼作响
伴着慵懒的点点寒星
谁在飞针走线
谁在浅吟低语
谁把满腹心事
和荒芜的岁月
左一针欣喜
右一针惆怅
上一丝嗔怨
下一丝爱恋
一针针　刺进了思念
一丝丝　绣成了诗行
细细密密的针脚
如同那枝含苞的梨花
报来春的消息
指着家的方向

（三）

仿佛一切未曾走远

破败不堪的旧门板

被俺爹劈成了烧柴

打麦场上喧嚣的农具们

让娘拾掇进了老屋

杂乱搁置　横七竖八

结了层层蛛网

落满厚厚尘埃

几只心直口快的麻雀

唧唧喳喳　喳喳唧唧

用地道的方言俚语

数落着平原上植物的乳名

指挥它们随季风舞蹈

泪目中　记不清

一茬茬的庄稼

是被乡亲收割了

还是　一辈辈的乡亲

被土地收割了

故乡行

（一）

春风里　北方的候鸟

穿梭于情窦初开的林隙

衔来—嘟噜—嘟噜黄绿相间

曾喂养过贫瘠而无助的童年

像极了串串孔方兄的榆钱儿

嚼一口窝头

撸一把入肚

那滋味

有母亲的味道

（二）

看一抹绿　勾魂记忆深处

赏一挂白　氤氲滚滚红尘

闻一缕香　有谁不解风情

几只藏在绿叶里的画眉

悄悄嘀咕着浓浓情话

左邻家叫"槐花"的俏姑娘

正眼巴巴地盼那个"负心郎"

回心转意

衣锦还乡

（三）

娇嫩羞涩　朴实低调

金黄细小的花

撒满了枣妹子的眉梢

振翅"嗡嗡嗡"的蜜蜂
从东飞到西　从西飞到东
卿卿我我　翩翩起舞
酝酿丝丝甜蜜的憧憬
小颗粒微不足道
却能结出诚实果

（四）
靠近家乡　按下暂停键
心会忐忑　五味杂陈
沐雨栉风　爬坡过坎
走过海角天涯
老到头顶霜雪
我依然是小脚奶奶眼里
那个"犟种"和"木疙瘩"

回首，故土已远

（一）
暖风阵阵　吹皱一泓春水
细雨霏霏　淋湿思绪万千
石板桥下　钓者手起竿扬
时光沉浮　丝线相牵
鱼儿　诱饵　倒钩

... 019

上演着一幕幕

尘世间生死之恋

有人　钓了一餐佳肴

有人　钓了一池心事

有人　钓了一弯明月

有人　钓了一抹江山

（二）

荇菜青青　踟蹰踏歌独行

芦苇丛丛　惊扰三五野鸭

湖畔对岸　塔吊林立轰鸣

节节拔高的幢幢楼盘下

收获过葳蕤的稼穑

生活着友善的街邻

掩埋了零落的屋舍

和跌跌撞撞的天真童年

那里　那里

飘过袅袅炊烟

曾有外婆温馨欢乐的

小小庭院

（三）

绿植株株　五花大绑而来

蓓蕾朵朵　开在温柔之乡

街心　移栽的古银杏树
被红男绿女　纷纷膜拜
成为小城新的符号
几只长尾巴的灰喜鹊
在稀疏的枝头筑巢忙碌
回首　灯火阑珊
咫尺天涯
故土已远

世上最美的花儿

◎ 李泽清

诗人、影评人,资深娱乐营销专家,现为传媒产业生态观察者,当代东方投资股份有限公司副总裁。出版个人专著《网络直播:从零开始学直播平台运营》,曾在《中国广播影视》、台湾《旺报》等媒体撰写专栏。作品散见《青年作家》《大众电影》《湖南日报》《天津诗人》《郑州日报》等刊物。

福利院每一朵盛开的花儿

从未想过有天会以访客的身份抵达这里
像个孩子打开另一群孩子的世界
通过雾气朦胧的镜片试着尽快认清他们
赶在大雪降临之前,小脸烧得通红

每个人的幕后故事都被深埋
也许多年后,你将看不见雪白的雪
也自然无法看见雪白的白

余下一些被人了解的消息漂流在人间
或真或假,其实根本没人在乎
缺失的光明或肢体,来自于某场意外
所有的崎岖坎坷也不一定都成形于天然
吵闹或安静,绽放的姿态并非角色扮演
寒冬时节唯一最美的花,为今天的微笑开出灿烂
每一朵都曾绽放在我眼前,这负担有些突然

一个完整的人世间

有的时候,遇见一些微小细节便看穿整个世界
春夏秋的残骸在降雪之前回归寄宿肉身的命运
被围裹的身体只留下四季滑过的痕迹
一张诞生出花儿的面孔就这样开满了四季
三百余日夜的交替,那些断壁残垣已满是苔藓
我像孩子一样接受一群孩子纯洁无私的馈赠
礼貌、好奇心、目光,这些将是与金银无关的藏品

凡尘俗世的这些或那些,并不能阻止这一生
只想做一个想哭就哭想笑就笑的乖娃娃

无论现实把生活撕裂成哪种不堪
终会有一种选择成为破解难题的方案
缺失的部分只是偶尔挂在眉宇，最后藏在字里行间
所有细枝末节会统一夹在雪花里慢慢游荡
散落成一个完整的人世间

陪伴暴雨（外四首）

◎ 李志华

1983年生，山东滨州沾化人。残疾人，家境贫寒，但自强不息，著有诗集《打口》。

惊讶的葵花瞪大双眼
无数个心脏风中起舞

孤独闪电
在云天以南
田园以北

我想放弃人世
终生陪伴
本次暴雨

舅舅,我

舅舅,那是在春天
屋檐长出一行眼睛
掉着泪
直直的,怔怔的
不尽的怨气
冷了一些
更冷了一些
哭湿我的右手

那是在给大地别上小松树的春天
舅舅,你伸出的手指
像琴键

打　口

让我尝一尝这茶是不是苦
是不是香
是不是金黄明亮
像蜜蜂和着阳光

是不是滴翠如山谷

我渴望已久的山谷

是不是调侃
是不是生命感不严肃

是不是安静的钉子都粗重呼吸
是不是都走神

内 息

一场大雨摸黑进入本地
它垂直
它倾斜

亲爱的
地图上我们被一条温柔曲线划定
你在我心里
我在你哪里

内息为化工用语
是说一个人貌似平静
是说一个人伸了伸手
已经摸不着自己存在

要过年了
——献给我的父亲

炉子里窝着碎太阳
夜是非常彻底的黑

父亲到集上买回众多实物
用钱很兴奋
他全没发现
这是向他的劳苦做一次消解

就要过年了
还有三五天
做一次消解
貌似补偿

蒋家小馆的灯光

◎ 李铁峰

笔名韶峰,男,汉族。中国电力作协会员,山东省作协会员,临沂市作协副秘书长,山东作协第六届高研班学员,鲁迅文学院电力作家高研班首届学员。作品有诗集《与大地一起飞翔》、散文集《孤岛上的清泉》。

蒙阴沂水是肩并肩的兄弟
抗战烽火熔铸丹心铁血
一条东西贯通的沂蒙公路
千百条小溪汇聚沂河浪波
八十四公里长路一个逗点
后埠子村头那个亮着的灯火
一双守望的眼睛——蒋家小馆

蒋家小馆的前身是个修车铺
老板蒋文友三岁没了娘亲
小儿麻痹症留下长路的波折
没了娘的岁月让他守望
守望无尽的黑夜泪水融化了北岭的雪
他搭起一个修车棚点亮一盏灯
为长路远行客守望黑夜

修车铺的茶水供奉着四季
滋润着漂泊的执着和焦渴
灯火慰藉歇脚问路深夜求助
修车铺换成酒馆依然灯火闪烁
亮如灯塔照亮夜行的脚步
那是一双盼妈妈归来的眼睛
闯天涯别忘有妈就回家的歌

蒋家小馆百年史册的灯火
亮在南湖游船新中国五星红旗下
祖宗是沂水公私合营的实践者
守望信仰扶危济困诚朴至善
奋斗不息薪火相传刚直不阿
身残志坚的内核是一颗心
历经黑夜却将光明供奉的热血

梦想，同在一片蓝天下（组诗）

◎ 曹　新

男，中国诗歌学会会员，中国作协全国青年作家第四期培训班学员，巴金文学院中青年作家高级研修班学员。作品散见于《解放军文艺》等。诗歌作品先后在国家级、省级、市级大赛二百多次获奖，其作品被翻译成韩文、泰文和英文等，传播到加拿大、美国和南美和东南亚等地区。作品入选七十多种选本。

（一）
生命的画笔，一直在涂写
能分辨出，轻微的呼吸和蹒跚的脚步
光明，曳动了无数个形容词和名词，似乎离我们太远

静静的荷叶，铺陈一条向前的路
高高天空的云端里，跳跃着无数的笑脸

趟过美丽而崎岖的人生路,梦想,同在一片蓝天

把自卑从案头上赶走,让我联想到雪的融化
时光的缝隙里,勇气在齐聚
探问,每一片枫叶的归期,也衡量着梦想和目标的差距

额头,一次次被朝霞点亮
说服了一切喧闹的事物,每一个瞬间都那么美
爱,不可以太笼统了,在陌路相逢

在期待的眼神中,从没有停止奔跑和歌唱
翅膀在震颤,极目远眺,两个大写"坚强"的字悬挂在天际

(二)
火焰的靠心跳声那么近,眼中,全是勇敢者在舞蹈
风很大,但不会嘲笑残缺的身子
给弱者一个个温暖的家园,一起成长,在同一片蓝天

最后的精彩来自于尽情地绽放,带着微笑出发吧!剪断了鄙视的封锁线

让太阳和希望同时升起，每一块石头都暗藏着闪电和涛声

打马过草原和湖泊，一个个画面是春天
单脚和拐杖，敲响了暮风，也敲击出一首首不屈的诗行

等花鸣和柳絮，穿过薄薄的衣衫
未来的路要经过多少彩虹，幸福的滋味迟早会抵达

梦有多远，心就有多远
用三生石记下所有的印迹，鲜艳而交叠的花朵，拖着一串串叹号
给我一声声感叹，埋葬所有经年的无奈和痛楚

（三）
剪去不肯飘散的暮霭和荆棘，坦率地做一个同命运抗争的人吧！
剪碎一些浮躁、迷茫和忧郁，一边不断抬高人生的弧线和高度

所有的努力，都交给了抖动的草尖，收获属于自己的那份美丽

渴望的一切，在细微的描述中沉淀
和辽阔相约，和碧翠拥吻，汇聚并珍藏足下的铿锵坚音

即使看不见，夜，同在一片蓝天，银河系不会停止生长
忧郁的目光，锁住了一川烟雨，锁不住满湖的涟漪

倚着巍峨的山脉，弹一支支奋进的序曲
湛蓝和洁白，学会了飞翔，如同随着彩霞飘进远古的诗赋里

一个个左右晃动的侧影，在相互搀扶中，前行
将撕下的日历，慢慢装订好，欢笑和眼泪都值得珍惜

拄拐杖的诗人

——致倪周童[1]

◎ 姚树森

笔名匡官、晓尧,男,1963年7月27日生于吉林九台,中共党员,系吉林省作家协会会员、吉林市作家协会理事。先后在《人民作家》等国内数十家报纸杂志发表诗、小小说、散文、歌词一百三十余万字。系《咱们村》文学平台编委,江苏《暮雪诗刊》编辑,《吉林名人》杂志记者,《东北人》杂志吉林市工作站站长。

常常在深夜里
伴着伤痛构思平仄
熹微中

---

[1] 倪周童,吉林市残疾人作家协会副主席。

用拐杖敲醒黎明

自幼小儿麻痹
一双拐杖支撑人生
无数次的跌倒爬起
噙泪笑盈心胸

追寻隐形的翅膀
拥抱窗外恬静的风
数九寒冬构思创作
慷慨的诗句雪化冰融

参加公益活动
你是轮椅上的"雷锋"
为汶川捐款　给武汉助力
你又是残协的先锋

你的诗句
让沮丧者扬起远行的风帆
你的文字
已成为砥砺奋进的春风

字里行间
丁香怒放　家园恬静

昂扬的诗句里
阳光渗透　花艳鸟鸣

《文学故事报》《神州诗书画报》《百花园》
《中国残疾人》《吉林日报》《青春》
拄着拐杖的你
就这样不畏艰辛地攀登

身残志坚　矢志不渝
你是翱翔天宇的雄鹰

她能摘下一片云朵

——记吉林市剪纸艺术家华丽

◎ 倪周童

字文石，1964年生。吉林省作家协会会员，吉林市残疾人作家协会副主席。作品散见于《吉林日报》《中国残疾人》等报刊。著有散文集《三支拙笔写人生》，综艺文集《文石综艺——倪周童诗书画印根石作品选》。

一个女孩儿
瘫坐轮椅双手乏力
谁知道啊
她还能做点什么
谁知道啊
她能摘下一片云朵

小手乏力却有巧劲

心诚有恒剪艺通神
朝朝暮暮
剪出蝴蝶翩翩飞
岁岁年年
剪出花儿朵朵鲜
谁知道啊
她能摘下一片云朵

她教会学生一群群
她义卖作品筹善款
捐给灾区献爱心
谁知道啊
她能摘下一片云朵

有一天
她把花儿与蝴蝶剪在一起
"蝶恋花"获了国际金奖
谁知道
她能摘下一片云朵

是 光

◎ 迢　迢

本名王鑫妍，女，爱诗文。

不是残奥之星
不是残疾人劳模
靠自己力量勇敢面对生活的残疾人
宁愿一百次跌倒
一百一十次爬起来

黑暗中的一道亮光
善良真诚换来敬佩尊重
与命运抗争吧
一步一步移动
命运总会打开一扇窗

一点一滴都记在心里
不同也可以是不凡
接受那些不同
残疾并非成功的障碍
光芒总会留在人间

敬 你

◎ 喻忠平

西昌学院汉语言文学专业学生,喜欢自由诗创作。

他是个幸福的人
生活在现代化渲染的农村
标志性的腿
一根光滑的粗木头
一双粗皮泛起的手
瘦小的身材
泛黄的牙齿
还有一群矫健山羊伴侣

他是我邻居
一个健步如飞的残疾人
他爱唱山歌

洁净空灵一尘不染
但凡有聚会，热闹场合便会一展歌喉
最令他骄傲的是他上大学的女儿
常在饭后谈起
皱皱巴巴的黑脸和泛黄的牙齿
在笑容中格外美好

他每晚都会准时看《新闻联播》
也会学着年轻人发短视频
记录他放羊的乐趣
他撑着一根木头
拍摄着自己的平凡生活

我喜欢听他讲生活旧事
望着他满脸的细痕
白中带黑的头发
每次讲到他摔断腿
眼里总写满了遗憾
他总有讲不完的故事
很多很多

我敬你用单脚紧跟时代的步伐
我敬你一生清贫却抬头望月
我敬你满身伤痕却如此诚恳

我敬你笑应人生百态
平凡却不平庸

他是个幸福的人
像旷野的山羊,像清晨阳光
生活从不骗人
就像扶贫新房
同他的笑容一起映照在夕阳下

狗啃过的骨头也有肉（外二首）

◎ 汪再兴

笔名汪汪、蜀乾尔，男，1972年生，现居北京。已发表各类作品两百余万字，诗文书法散见于《人民文学》等各类报刊及各种集子中。曾获全国当代诗坛力作选拔赛一等奖等国内外征文、书法赛百余次奖。北京作家协会会员、中国电力作家协会会员、中国诗歌学会会员、中国作家协会会员等。五一文学奖、曹植诗歌奖获得者。著有《日出东方》《太阳神》《太阳的味道》《与太阳握手》等八部诗集。

从305到218
定型为206
人越长越大
骨头越来越少

都是时间惹的祸
我们到底少了些什么
接下来这些骨头的生活
到底该坚固还是顽固

懂得养生，就多补补
否则钙流失，骨质疏松
比如少了灵魂的耻骨
就很难再感觉初衷

所以骨头更需要养活
才能够撑起血肉
即使被狗啃过
依然坚挺着，硬度

鱼巴篓

小名大葱，老少都叫他鱼巴篓
喜欢篓鱼，更喜欢撵鸡打狗
啥事都稀罕，也敢碰鞭炮雷管
所以炸断了一只稚嫩的手

越是残疾越是聪明
越是聪明越不需要怜悯

越不需要怜悯越有傲气
越有傲气越少儿戏

小时候,即使自己编鱼巴篓
两脚紧架,一肘扶篓
一口含竹,一手穿篾舞
嘴上的龙门阵还从不耽误

长大了,听说在重庆讨生活
讨媳妇,讨出一大串小鱼巴篓
也没人传言他叫过一声苦
倒听二嫂说,过得还算凑合

五哥放羊

五哥把羊群赶上山坡
百十只山羊前呼又后拥
黑的像石头,白的像云朵
如果不是羊们咩咩地叫着
连太阳也分不出石头和云朵

拖着跛腿的五哥原本在外打工
发现城里时兴吃有机山羊肉
一使兴就和羊回到了山坡

所以不到收工的时候
从不想分清楚石头或云朵

五哥把日子交给了石头和云朵
就要像云朵，沿山的脊线起伏
或者像石头，累了就随地打坐
如果不是黑发下偶尔翻动的眼珠
山羊眼里的人影也绝不会晃动

而山坡上的青草必须去感受
不管凑上来的嘴是善良或丑陋
也不管脚步是悠闲还是匆匆
都得随风，尖叫着前闪又后躲
一切走过，才敢大胆地伸展手足

天空因云朵而鲜活生动
山坡因五哥的回头而有了盼头
比如，五哥痒痒地吼山歌的时候
千山万壑的溪流就开始新的涌动
连带满坡的羊群，波浪般翻涌
尽管黑的像石头，白的像云朵

生活就是让你历经沧桑，方知如此之幸

◎ 李安妮

女，汉族，天津现代职业技术学院学生，酷爱写作并积极参与校内外各项活动。2020 年 10 月 20 日成为中国人体器官捐献志愿者。

偶然初遇一母三子，
相亲相爱！
其中一女子，
因舞而折，
暖光天使！
一次次跌倒，
是为了什么？
一次又一次的努力，
是为了让生活更加美好！

我想起已去往天堂的母亲，
只因我对这世间太过好奇的鲁莽，
导致肢体不便，
妈妈也是如暖光天使的母亲一样，
无微不至地照顾着我！

我的朋友是"丽抒"，
暖光的朋友是那两个代替双脚的轮子！
我喜欢和她交谈，
只因她是除母亲外最懂我心的人！

尽管生活带来了不幸，
但暖光天使与安妮宝贝的脸颊之上总会洋溢着，
琉璃炫彩之微……

一如初见逆光美（外一首）

◎ 潘相成

笔名凌豪凰雪，南开大学硕士研究生。"90后"青年诗人。中国散文学会会员，重庆市文艺评论家协会会员，重庆市巴南区花溪作家协会副主席。

鸣啼声，滑过的苍茫
是四季的延续

逆光的蔓延，如那阳光和雨露
高贵灵魂是静穆的伟大
总能给予世人圆满的力量

勇敢在重量下，越过山脉
融化雪线处最后遗留的微寒
暖热弥漫，翻新出的花朵状

是莺歌燕舞

坚强之花在枝头绽放
是希望和寄托的又一次升华
芬芳地，胸口收起的羞涩
足以停留

满眼繁花，眸光中尽是诉说
美好的心灵，在人世间生根发芽
滑落的思绪，是风中的闲庭信步
是苦难前幸福后，提笔油灯下

珍惜相遇，再造恩情
映出笑的脸庞，伴随洁净躲进花苞
芬芳枝头，无数家
这是唯一，也是最后的抒情

真情缠绵的故事

故事在山里，进山最好
把佛与菩萨请到人间
在深山中客居

缠绵没有脚印，我始终认为

活在心中翩翩地飞舞
生来就是为了永恒的坚守

风吹到这里,再也不用回头
几乎与牵涉的尘世相依
但可以肯定,在经过时必须依赖
那些干净的花朵

去向内心向往的远方
是正义与力量的化身,撒播世人
勤恳与时光一起圆润
还有一心向善的云

虔诚的动作拧出了摸索的脚印
四季以真情的名义摇曳前行
命运总能找到朴素的解答

命若琴弦

◎ 李 坤
四川省南边文化艺术馆 2020 届文学创作委员会会员。

凝眸着嚣嚷的世界
你在地坛里打理着一隅春天
年年亦年年
轮椅替代着废足,沉疴
在绝望与微希之间蔓长
这距离隔着自缢地冲动
把一片片凋零的梦想抛却
母亲推着你向北海公园散步
赏落花,叹年来踪迹,母亲走后
你终是顿悟了那句"好好活"
即便你从未被命运眷顾
风华正茂又罹患肾病

无从悲叹，希望系绑了心
常年卧于病榻靠着透析与死神拉锯
那一滴滴静淌过身体的殷红血液
让生命此刻很轻，很静，很遥远似又很模糊
你戏谑自己"职业是生病，业余在写作"
可却用一个个文字，把我的心扎得千疮百孔
痼疾总纠缠不休，我幻梦你与死神
庄重地立订生死契约
不敢深索勇往的意志
身体的残缺并不妨碍思想的健全
你是永远活在我心中的"孩子"
你看墙角乱舞的槐花顿在脸上
细嗅盈香，仍是熟悉的味道
是吧，纵使命若琴弦，也要拨弄出生命的妙乐
你叫史铁生，你——让"死"活下去

阳光照耀的轮椅（外二首）

◎ 王海清

吉林市人，20世纪60年代末出生。作品散见于《诗歌月刊》等刊物。获2017年中国桦甸旅游征文三等奖，中国襄阳诚信征文一等奖，西藏琼结征文一等奖，2019年《中国自然资源报》"学习新思想，续写新篇章"征文一等奖。

阳光照在轮椅上
你读，把一座山读成了春天
把一幅水墨画读成了阳信的江南
心情和梦境，清风洗过一样恬淡
一条河流早已催开
人间手捧鲜花，为了你
让梦想抵达
脚下的路，虽然崎岖不平

人间情愿把身子弯下
用坚硬的脊背,给你当梯
一条条路,都在通向理想和富庶
铮铮作响的四季,都有掌声和鼓励
人们从心底里,把无尽的爱
交给了阳光
轮椅上,你握住了雷鸣和闪电
不屈地赶走了多舛的命运
每一天都有精神和动力,笑脸溢出
残疾人消失了顾虑,你热爱的世界,
正把你紧紧地包围,看不见的乡愁生长
你所过的生活正是你想要的生活
在阳信的这片土地上
敬畏生命,人间平等
你握住了欣喜和激动
理想和信念在生活中舞蹈
所抵达的境界,都是绿意盎然
就连那声鸟鸣,都带着欢快
星星走到窗前,告诉你
所有的光亮,都在为你
撑起一个又一个安逸的夜

永远有一颗心,为你跳动

旅途,我们还没走到终点
时值寒冬,一棵小树
被一场风寒吹折了枝杈
就像一朵花蕾
没能绽放在春天
那虚掩的地狱之门
克扣了声与色的部分
心中的泪水浸泡着多舛的命运
心底的沟壑依然有被风追赶的叶子
生命真的该注定阴暗
还是命运之光仍然吝啬
别离苦痛,即使是飞蛾也要有一回涅槃
相信阳光没有距离
以笨拙对接着梦的光泽
以执着驱赶内心的寒冷
珍惜每丝春风对花的挽留
不忍生命的枝条干枯
那就是梦的新居
生存不能蜗居在风折的残叶间
季节总会催绿枝头的芬芳
让生命在命运的深处打捞着美

也一定能让日子触摸到黎明的光彩
当在苦海里游过来的时候
总有那些心甘情愿的甜蜜在迎接
而心空内，永远的一抹骄阳
在季节里呵护着一朵朵含蕾的喇叭花
一大批关于美好的诗句进入角色
有你所在便是春色明媚

把一种命运涂成色彩

其实
平常与普通都是距离
生命的底色
很难与色彩贴近
但永远不会让屈辱不公的眼泪流下
要激发一颗植物的血性
把没被光亮照射的苍白幼苗
光合成春天的颜色
把唯一的信念捻成丝线
让经典的梦在日子里发芽
甚至在凄凉的世界里
也不要让布满绿茵的心田板结
更多的是回馈父母及亲人的厚爱
对今生那擦亮的火花

把苦难藏在心里
扛在肩上
挺直了内心的脊梁
岁月静好
永远安抚着向上的生命
铭记奋进是所有生命不可丢弃的秉性
燕穿春柳中
已枝繁叶茂
挺拔成参天而斑斓的风景

瓜子大姐

◎ 陈克锋

1976年生,山东沂南人。作品散见于《星星》等刊物。多次入选年度诗歌选,获得全国诗歌大赛金奖若干次。出版专著六部,其中诗集《母亲的北京城》《父亲的汪家庄》《俺的北漂史》构成"北漂三部曲"个人诗歌写作体系。

瓜子大姐剥开火腿肠,在小区外
沿街楼商铺喊米米[①]
在小照相馆伸出的木板房喊米米
在公交站外很快拆除了的违建房喊米米
现在的呼喊也是临时的,新的马路

---

① 作者一家收养的流浪狗,因为曾收养过一只流浪猫,沿袭了猫的名字。

很快从他们的摊子穿过

走起路来，瓜子大姐歪向左边的身影
拽着歪向右边的身影
两个打架的身影挣扎着执拗着，笑着哭着
走在金色夕光中
像两个不同的汉字
——北漂，合力将她紧紧地
拽在中间道路上

瓜子大姐剥开火腿肠
像对自己的孩子，亲热地喊着
笑眯眯地看着米米狼吞虎咽地
吃下。她又摇摇摆摆地
站起来，带领两个身影
暗中搏斗

每一点雨水,是掉落在生命里的呼鸣

◎ 钟远锦

侗族,"70后",残疾人,有多种文字刊发于《文萃报》等国内外报纸杂志,入选多种选本,获多种奖项。

雨是足够清晰的!它试图通过
遥远的故事,撒换山村的贫瘠
我坐在小木楼里,听得见小木楼外
稻谷的酣畅与鼓励!听得见
侧面老鸭的欢呼与低语

它们是我唯一能找到有记忆的东西
院子,将杂草与蛛网聚在一起,像一盘棋
而我走进来的轨迹,则是棋局上的一个卒子
走到哪里,哪里就是空虚

连帅也找不到痕迹

我离开院子前的栽种的桂花,现在已经
成为老树!老树开花的故事,演绎在眼里
更多的是嘘唏与孤寂!而我放在抽屉里的残疾证
则完好无损躺在那里,像一团根系
一拉,就拉起一团泥

我看到自己的过去,在泥水里
荡散过去。时而上升,时而下降
时而像一群鱼,将我离开后的三十年,拉成叶片
我知道,荷叶田田,田田荷叶下的躯干
正是我几十年的片段

圆孔的,是我的心情,我那被宿命挖空的心境
长条的,是我的抗争,我那被日子磨光的憧憬
而我曲折的路径,则被分散成无数须根,扎进地心
我看见我的生命,被淤泥与岩石包裹在一起
向着无法透视的地心延伸

我听到自己的骨骼,侧置成一辆车
你能想起车里的涂层,就能想起
我内心的涂层!我们会将所有色彩

拉成拉环与座位！只要有人叫停
我们会敞开大门，将所有的人请进

盲者的来信（外一首）

◎ 宿　心

原名刘锐，南边文化艺术馆文学创作委员会会员，云大附中呈贡校区一扇窗文学社社长，曾获第三届"新浪潮"杯青年创作大赛二等奖。

我的眼睛
是灰白色的
于是，我把灰色留给黑夜
白色留给晨天
我用黑纱蒙在油印照片上
审视世界

我的眼睛里
被灰雾遮掩
但毫不影响

每一束光落入我的心里
在每一个孤独的夜晚
它们会滚落出来
与我曾经的泪凝结
挂在天上
当作星星
你看呵
它们那么亮
那么亮

你们的传奇——致所有的残疾人们

多少还是有些传奇的色彩
鱼失去了背鳍
仍然会靠尾巴,朝向大海
鸟失去了翅膀
仍然会靠喙尖,鸣唱天空

我们失去了
关于身体的一些事物
但没有比心更高的天空
没有比心更远的旅程
所以我们仍然可以
带上心

走向光亮

苦旅是传奇的伊始
传奇是苦旅的宿命
这句话
终将成为我们的宿主

光从破碎的地方照进

◎ 晓　风

笔名晓风,四川大学锦江学院学生,四川省南边文化艺术馆会员。

狂风起时
平静的湖水会受牵连
你只想着去探寻
世界的绚丽多彩
忘了身后的惊涛骇浪吧
去接受阳光的洗礼

你要相信
心可以到达臂膀不及的远方
也可以走到每个天涯与海角
充满阳光的灵魂

始终会把寒冷驱散
把缺憾变成勋章
相信可以让你做到无限

你要相信
光总从破碎的地方照进来
生命如此无常
你我无须在意失去了什么
因为你可以拾起更多
你始终如一爱
世界
始终如一
爱你

在没有光亮的日子里请你继续前行

◎ 李涛宗

和田市人民检察院工作人员,从大学开始一直到现在都生活在新疆和田,热爱写作,喜欢思考。

遇见你
不止一两次
在我或忧愁或颓废的时刻
在夕阳中那条拥挤而破废的 到处都是集市的回家路上

好多次
我都在想
今天的你去了哪里又做了些什么
而此时此刻走在回家的路上又在想些什么呢

我从未和你交谈过
你也从未看见过我
我只是默默地看着你走上一段路
时常　也很担忧你长长的竹竿的尽头是否每次都能敲响家里的门

高高瘦瘦　像竹竿一样清瘦
敲敲打打　像对每一个人灵魂的叩问

你不曾开口说过一句话
哪怕是在跌倒了又站起来的时候
反反复复　不计其次
而我是多么想　多么想……

我想你心里该是有光芒和希望的
是无畏和充满力量的吧
我想你一定听到过许许多多不同的声音
有鼓励亦有嘲讽吧

一样的　都是一样的
我们睁着眼　却走不到一条正确的路
看得见　却偏偏离自己的内心越走越远
所以你要坚信啊　你所走的每一步都是正确而又属于自己的

不论我们以怎么样的步伐走着怎么样的一条路
都要坚信自己　都请不要怕
只要你心里装着光明和梦想
这个温柔的世界一会为你让路的……

你是一束光

◎ 闵保华

渭南长寿塬人,就职于大学附属医院,热爱读书与写作,作品散见于《河南文学》等刊物。

你是一束光
像千万个劳动者一样
默默地奉献在自己的岗位
一场疫情,一道命令
你以最美姿态逆行而上

你是白衣天使
在有人逃离的时候你却说我上
没有告别,你顶着除夕风雪义无反顾地奔赴前线
背影是你留给亲人最坚实的安全
是你用生命,保护着我们的生命

你是最美的逆行者，也是当之无愧的英雄

你是一束光
你放弃了盼望了一年才有的团聚
舍小家顾大局
刚走了一半的路，还没到家便急着转头赶回
你是平凡的建设
此刻化为生命的保护神

你们披星戴月日夜兼程
以光一般的速度
用十天的神话
硬是啃下两座拯救生命医院
你点亮的不是火神山、雷神山
你点亮的是病患者生的希望

你是一束光
你是警察
你是环卫工人
你是志愿者
你是全国各地的捐助者
你是抗击疫情的洪流
你是这场战斗的卫士

你坚守在自己站岗
排查、清理、服务、支援
你默默无闻却奉献着无私的大爱
还有你,记者
深入疫情
用客观公正的镜头还疫情真相
一个话筒,一支笔
连起了疫区与我们的心
传递着全国人民对武汉祝福
让那些谣言无处可藏

你是光,我是光
汇聚成春天的暖阳
照耀着生的希望
让泛绿春色更绿
让盛开花儿更艳
正是有了你们
冬天会更暖,春天会更艳

让苦难开出鲜花（外二首）

◎ 康绥生

西安临潼人，中共党员，"90后"，自由撰稿人。作品刊发《诗刊》等。获2020年天水市博物馆伏羲颂征文获优秀奖，2018年西安市改革开放40周年征文获三等奖。

命运掌握在自己手中
歧视　不公　坎坷　苦难
上帝关上了一扇扇半掩的门
时不时屋漏偏逢连夜雨
哭泣　自卑　心门紧闭
黑暗中探索着光明路
拂晓前世界以痛吻我
花儿　喜鹊　黎明　蓝天
我快乐地歌唱心中的幸福
与梦想对视

审视周遭
奔跑
在每个充满阳光的清晨
鲜花的芳香弥漫在海岸
带着远航的味道 风帆依旧蓬张

铮铮铁骨　永远的榜样

无畏冷漠 不惧黑暗
缺了花瓣 山花一样芬芳娇艳
没了健全 生命依旧精彩辉煌
你放下昨天的痛苦
放逐明天的希望
告别短暂的困窘 扬起理想的风帆
你，海燕一样搏击长空
蝼蚁一般登上高山巅峰
你是苍穹的雄鹰，折翅依旧在翱翔
你风霜雪雨不足惧 凌云壮志舞长天

身残志坚

残缺是一种美
像荒漠中的一朵小花
倔强的开放　心向阳光

歌唱每一座山川与河流

没有健全的身体
你用勇气挺直腰板
信念支起生命的灵魂
智慧征服着美好的未来

骄阳下你用轮椅丈量
成功的距离
雨后你用声音
开出七色的彩虹
五星红旗下你用心握手
涌动爱的暖流

格律诗三首

◎ 胡永清

浙江东阳人,"70后",IT工程师,肢残三级。中国诗歌学会会员、中华诗词学会会员、东阳市作家协会副主席、东阳市诗词楹联学会会长。在全国各大报刊发表新诗与古诗数百首,出版有诗集《清明时节》《相册簿里的时光》。

诗赠残疾人木雕大师胡先民

前路崎岖意若何?拼将羸弱写豪歌。
以勤作笔三秋练,取勇为锋一剑磨。
刀下梅花舒气志,胸中山水化烟萝。
欲铺嘉木成笺彩,雕就人间日月梭。

国兴有感

向慕长缨舞,心潮每讷言。
旗扬天净碧,邦兴岁和暄。
执笔书华序,连胸叩国魂。
耳边多喜事,贺瑞举盈樽。

病　中

连番砭药烧无退,长锁愁眉奈病何。
身到卧时方恨弱,雨随寒后始嫌多。
友忧相探笺咸急,情暖搀扶脸半酡。
陋室恬嬉苦为乐,咳声平仄作谣歌。

守望者（外一首）

◎ 何铜陵

中国自然资源作家协会会员，安徽省作家协会会员，曾获冰心儿童文学奖等多项奖励，出版诗集《梳阳光》《已作丰熟》等。

湿漉漉的晨雾
笼罩着陡峭的山崖
在屹立的歪脖子树旁
他挥动着一块石头
敲响残缺的锄头
这是上课铃声
充盈着泥土的气息
他撑着拐杖
蹒跚地
走向粗糙的三尺讲台

一口乡音普通话

打开一双双晶晶亮的眼睛

先教一年级语文

再教二年级数学

最后一节课上体育

从小右腿患麻痹症

丧失了许多的欢快

如今他只能用单腿跳绳

奋力地跳动

额头闪烁着晶莹的汗珠

一个人的坚守

送走日月星辰

送走四季时序

唯一不变的是

天天清晨

他总要亲手升起五星红旗

和祖国的未来

我看见

我看见

一个秀发飘飘的豆蔻少女

端坐在公园的条石凳上

弹着尤克里里

我看见

她身旁的背肩包蠕动起来

爬出一只褐色的泰迪熊

我看见

它抱起一支小盲杖玩耍着

我看见

少女失明的眼白

和停滞的空气

我看见

她头顶上的树

串串槐花　风铃似叮当

簌簌落下的音符　如泪般晶莹

我看见我

被清香撩拨眼睑

柚子树下

他只有 8 岁

正用脚趾夹着竹竿

挥打硕大的柚子。

柚子像皮球

在地上蹦蹦跳跳。

母亲始终旁观着
也不上前帮忙
眼角隐忍着泪。

孩子又用双脚剥柚皮
血红的肉,如两瓣心。
孩子用脚丫举着柚肉
递到母亲的嘴边
母亲却含着
反过来喂他。

被村变压器夺走双臂
孩子今生注定欠
母亲一个拥抱。

而母亲为了他
不得不痛下"狠心"。

六月的天空如此美丽

◎ 邓本科

广东省东莞市东城街道东城实验中学科组长、东城街道作协副秘书长,曾在《中国教师》等报纸杂志发表作品上百篇。

夏风拂袖,淡淡的云
轻轻滑过岁月的梭轮
时光老人勾勒了沧桑的脸庞
数不清的风风雨雨
悄悄推开水波漾起的浪花
迎来窗外五彩的阳光
曾记否,最渴望的啊
是躺到妈妈温柔的梦乡中
梦里装满了老父母的叮咛
还有妻儿的牵挂

打开响彻街头巷尾的老歌
吹奏一串串美妙音符
回忆青春路过的故事
离别的忧伤，分开的和弦
重逢的幸福，聚首的交响
写满了我三十多年的点滴
我曾应允我可以顶天立地
唱着胜利凯歌飘向岁月遥远的尽头
那是岁月清净悠闲的沉淀
如今清幽的月光就随意地洒在身边
展开一幅事业发展的画卷

秋叶无边，黄色的海洋
抹不去我对这片土地的记忆
多想把流淌的美满收进预期
我欣赏的是时代进步的风景
你听到的也许是成功的乐章
快乐的邮差把我的思绪紧锁
带走了一片又一片的灰尘
挥去掉一丝再一丝的惆怅
是的，要坚强地不负韶华
一定，要加倍地只争朝夕
我不能停下筑梦的步伐
时刻朝着胜利的方向努力追赶

冬日暖阳，极致的寒冰
无法凝滞我的志气
只要希望和春天还在梦里
我就不会低头，不会悲哀
因为朝阳始终能照亮沉睡的身影
只要明天和希冀还在心中
我就不想泄气，不想消沉
那重峦之巅和湖畔之水能承载我奔跑的梦境
只要生命和梦想还在
我就不能怠慢，不能放弃
历尽千帆的背后必定浸泡着酸楚与矫情
没有人能肆无忌惮地放松
没有人能随随便便地成功
归来仍少年越过千山万重

春花烂漫，莺歌鸟翔
带着美丽的憧憬重新出发
写下短小的诗篇再次启程
清晨可以看喷薄的日出，朝气
东江之滨，每天流淌着不朽的传奇
傍晚可以登高观夕阳，不舍
殷红的石碑，俯视英雄壮丽的篇章
风中，绵柔惬意的八段锦渐次铺开

夜里，沏茶细品赏明月醉春秋
浮动月影筑起了接近诗意的路
要知道，木棉花开就意味着
青春可以登场
错过的站场永远无法登上
身后的脚印也即将飞扬
是的，我要轻轻地告诉自己
六月的天空如此美丽

飞 翔

○ 吴 桧

青年作家网签约作家,作品散见于一些公众号、纸刊、报刊,热爱诗歌、小说,以文学为黎明时的光芒。

要飞翔,不怕迷惘
受过伤,害怕失望
刺破荆棘,要成长
乘着光,梦想翅膀
我飞,飞过那片绝望
我翔,带着梦想翅膀
哦,飞翔
哦,飞翔
成为光

闪着泪光,不怕迷惘
受过伤,害怕疯狂
乘着光,张开翅膀
希望之光,逆风翱翔
哦,梦想
哦,翅膀
含着泪光,敢去想
不怕荆棘,不怕失望
我要乘着光去往那个地方
带着希望,越过悲伤
去寻找那道光

扶贫日记

◎ 王富祥

曾在《诗刊》《星星》等报刊发表诗歌、散文数百首（篇），多次获奖，部分作品收入二十余种选本。林业部首届绿叶文学讲习班学员。

今天，给两亩瘦弱的麦苗标注一个记号
麦田的主人身患残疾行走艰难
一大早乡邻们带着草木灰和肥料赶来
草木灰里富含钙质，能让麦苗壮枝
不会被某夜的一阵风刮倒

忙完施肥后来到麦田主人的家里
把破败的房屋简历做了认真登记
简历上除了籍贯家庭主要成员外还缺失多项
需要在房顶新增亮瓦让阳光直达堂屋

需要新开窗户,让清风随时吹进心田
需要在室内安上地砖,让以后的路少些坎坷
需要在院里搭建养兔棚让院子多些活力

重要的是还要送一副轻质的拐杖
让他躺下多年的风骨可以随时站起来

鸿 雁（外二首）

◎ 高长安
河北省任丘市人。热爱生活，一个喜欢古典文学和古典音乐的农民。

晴空万里浮云淡，
雁字捎笺信使材。
未计天涯多险阻，
不知岁岁为谁来。

山 泉

山泉一去势无停，
越涧流川入北冥。
肆作惊雷声震宇，
不知有客特来听。

无 题

红尘千万俊,我辈岂容嘲。
入水轻挥手,擒来海底蛟。

无花果（外二首）

◎ 翟星彦

男，1963年生。肢残。中学高级教师。研究生学历。发表小说、诗歌、散文等作品多篇。作品入选多种文集，参编《新课堂同步作文》，参编为海外少年儿童编写的初级汉语教材《趣味汉字》。系《学习报》特约编辑，辛集市文联民协理事，辛集市残联主席团委员。

我是雄鹰
即使翅膀折断也搏击蓝天

我是海燕
虽然受伤也奋飞云间

我是深冬里的寒号鸟

用生命呼唤春天

我是石缝中生长的无花果
注定没有花容月貌
也秋实累累无悔无憾

我是一块埋在深山的璞
历尽磨砺终会奕奕光闪

自　信

即使梅雨连绵布满阴霾
我坚信总有一天会日出云开

即使冰封的严冬再冷
我坚信春天的脚步已经登程

即使黎明前的夜空再黑
我坚信即将到来的是破晓的朝晖

即使陡峭的高山入云高耸
我坚信自己的双脚定能登上峰顶

只要充满乐观充满自信

你就是顶天立地的巨人

梦想与希望
我羡慕快乐的小鸟
在蓝天自由地飞翔
我梦里都渴望
没有折断高飞的翅膀

曾　经

车站狰狞的地下通道
阻碍我远行的脚步
银行高高的台阶
让我望而生畏黯然神伤

出行常常遭遇无奈
内心尴尬狼狈凄凉
得到过无数好人的帮助
也曾把求助拉我一把的小伙子
吓得连连摇头后退躲藏

我多想登高时能有个扶手
出站时能有电梯可上
盲道不再被车辆占用

公共场所让轮椅尽情徜徉

我相信爱的曙光
定会把我们的世界照亮
让每一个鲜活的生命
幸福舒心地成长

今天——
我的企盼不再是梦想
爱的鲜花正在春风里开放
和谐、平等、参与、共享
我们在新的时代放飞希望

牵 手（外一首）

◎ 徐贵保

江西南昌人。江西省作协会员。诗歌散见《诗刊》等近百家报刊，入选多种诗歌选集。

兄弟
不要犹豫
请勇敢地向前走
宽敞的盲道，舒适的升降台
有力地保障
你的出行与游玩

兄弟
不要彷徨
前面的十字路口
专用的小斜坡、语音红绿灯

让你的生活，无忧无虑
阳光般明媚

兄弟
不要迟疑
请伸出你的手
你的身旁
就是安全扶手、无障碍电梯
美好，陪伴你的左右

兄弟
不要徘徊
请伸出你的手
我们手牵着手，心连着心
人间有大爱
天下一家亲

轮椅上的小姑娘

春天已经来临
为释放一冬的冷寂
我走上街头，信步公园
一位义工大叔，推着端坐轮椅上的小姑娘
穿过垂柳下的坡道，停在

小广场一角；她手捧书本
脸色从容，眼神澄明
朗声读着唐诗宋词
抑扬顿挫的语调，竟让
燕子停下了翻飞
桃花忘记了梳洗
也让我这驼背老儿
如饮醍醐，如醉如痴

不知何时，阳光
明媚地站在身边
我抬头
轮椅上的小姑娘
恰似一朵含苞的玫瑰
娇艳无比

天空，依然那么蓝

◎ 马国龙

2002年生，回族，笔名希喆。就读于宁夏回族自治区固原市彭阳县第一中学，热爱书法和写作。作品发表于《青年诗人》等。

翱翔的雄鹰折断了一只翅膀
疼啊，真的很疼
满世界地寻找我的影子
看见它，便想到了我

为什么命运这样对待我？
恨它，想破口大骂
那一刻，想过和世间断绝联系
可我不能就这样离去
还有远方等着我去寻找

我要悄悄拔尖惊艳所有人

多少个黑夜我在偷偷哭泣
是璀璨的星空给了我勇气

我相信，
上帝给我关上了一扇门
同时也会为我打开一扇窗
岁月静好，人间依旧
张开手去拥抱它
真的很温暖，很幸福

人这一生要活的精彩
黎明之前总有一段黑暗
熬过去就会看到那束刺眼光——远方

孤独的帆（外一首）

◎ 夏　冰

朱旋，笔名冰夏，籍贯长沙，爱好散文、诗歌、弹古筝。作品散见于《长沙晚报》等报刊，曾获得过《全球华语微诗佳作奖》优秀奖等奖项。

我是一支孤独的帆，
没有摸清方向却被迫要起航。

没有舵，也没有桨，
很想停靠在一个温暖的港湾，
漫无边际的道路让我很迷茫。

我迎着雨，触着礁，
穿越五彩缤纷的美景胜地，
到处都是自己寂寞的倒影。

我是一支孤独的帆,
不问自己的来路和去路。
只愿在岁月的河流里前行。

只要上苍没有让我沉没,
我便要游罢大江南北。
哪怕是让我千疮百孔,
我也要踏遍整个山川。

告别,意味着迎接崭新,
放弃,意味着重新拥有。

面对大海,我一片茫然,
随风奔跑是自由的方向
追逐风雨是信仰的力量。

我要将过去统统打包,
继续踏上未来的旅途。

我只是一支孤独的帆,
承载着命运给我的
烦恼与悲伤,快乐与幸福。

前方充满了波澜壮阔,
四处围绕着惊涛骇浪。

我只是一支孤独的帆,
只想以最轻盈、最优美的姿态,
从渺小的此岸划向希望的彼岸……

黑暗中的微光

我在黑暗中摸索,
漫漫长路让我心力交瘁,

我焦急不安的叹息,
或许自己走错了方向。

此时,萤火虫提着灯笼飞过,
它闪烁着微弱的灯光在向我暗示:

"别灰心,迷茫的人!
美好的黎明近在咫尺,
 心存希望,才能到达彼岸,
点点微光也能透视黎明后的灿烂!"

壳（外二首）

◎ 杜文辉

1969年生，男，甘肃静宁人，甘肃省作协会员。著有文学作品集《树叶的心头》《石头之轻》。

一只天聋地哑的壳
在沙滩上
但它还能看见大海的潮汐
听见风波

时间是个大顽童
把给它的又一一收回去
先收回它的翅、腿、脚
再收回它的耳朵、眼睛、牙齿、水分
收回它的腰、游戏、梦、征程
软体

但是

每当海风吹过

它依然会微微潮湿

一棵老树

像被电击

被斧劈

被人剥过皮

像一个人被砍掉了半个肩膀和头

依然站立

像一杆枪掏空了身体　只剩下枪膛

它浑身黑焦：显然是战斗过的

为了保住血

不得不翻起粗糙的皮

长起疙瘩　像肿瘤

它死了好多年

在好多人的眼里

它死了好多年　只是朽木　它的存在

有碍于记忆和未来

可是　这个春天

它向世界伸出三个指头

危险的山桃花

悬崖再没有塌
塌到露出它红色的根和血管的时候
再没有塌

崖畔上的山桃花
钉在十字架子上
一足站立
演宿命的杂技

对于不同方向的风
它肯定要迎合一些
但摆幅肯定要小
对于各种各样的雨
它将脸贴上去

相对于其他山桃花
它必须开得比它们更早
更加粉嘟嘟
更红

永不放弃

◎ 纪福华

上海市顾村中学高级教师,宝山区作协会员,诗入选《中国文艺家》等百余种刊物。

(一)
"脑瘫母亲做微商,用鼻尖打字"

对!她是钟华寅!
钟华寅不是虚词,也不是总想出名的名词
她是慢动词

她的家是叹词,住在浙江嘉兴
丈夫被查出肺癌晚期
将不久于人世,家里又多出一个叹词

父母渐渐老去,儿子还没长高
天塌了,唯有靠她撑着

但,她比形容词还瘦弱——一个脑瘫
微商是她手中的拐杖

她不能用手
即便是点一下同意成交的"√"
别人只用了一个闪电就能成交
她不听话的手总是点成"×"

她没有大脑呀,双手不受控制
就像长的是别人的手

据说,"上帝也是笨小孩"
上帝交给她一套戏法,她成了慢动词——

每做一单,她都要把脸贴到手机上
用鼻尖和下巴完成划动和点击

一条简简单单的"商品上新"
被她演成了慢镜头
慢镜头又被拆分成一个个分镜头

分镜头从不叫苦
分镜头像首词牌——《永不言弃》
再小的生意也能赚钱,也能撑起家

其实,她才是词牌——
《永不言弃》

(二)
靠单腿"蹦跳"行走,他做服装年入600万元

山东日照男子宋加庆
3岁时患了一场大病,高烧不退。
烧坏了右腿,每天带着
却不听使唤。他只剩下一条腿

他从小就辍学了,做过很多活计
演的都是配角

2011年,他登上自主创业的舞台
主演男一号

一条腿的男一号不好演
机器隆隆地行走,却无法代替他的腿
他只得在厂子里蹦来跳去

星星睡了，他还睁着眼睛
夜还挂在月亮上，他就爬上了树梢

他累死了
每天只睡三四个小时
每天，都要想法把散了架子的身子骨
重新组装，再蹦到厂子

他用了一百个坚忍
吃了一百个苦，没几年
厂子就长成了小巨人——
拥有先进缝纫设备 120 多台，职工 130 多名，
年销售额 600 多万元

商场上"一条腿"走路的生意经
几百年没唱明白，被他执着的蹦蹦跳跳
诠释得明明白白

（三）
用"两根手指"赚回了生命的意义

1992 年，进城打工的黄小梅
被机器咬掉了手指

一直疼到今天——
她的左手手指不全
右手只剩下两根手指

但她却疼不起来
为了养活孩子,她开了一家面店
一天下来要包 2400 个抄手
开店 20 多年,从未改变

20 多年
她仅有的无名指和小拇指的右手
竟然比织女的手还灵巧

每一枚抄手都是艺术品
像我认识的宋朝女词人写的《如梦令》

但,宋朝女词人的《如梦令》
每个字都是声声慢的象形字

而黄小梅的《如梦令》
是用两根手指弹唱的步步高,喜洋洋

从忠县老家奋斗到重庆城区
她靠一双不健全的手

分别在县城和城区买了房子

据说，抄手的馅料常跟她闲聊：
人活着的每一天
都应该看作是新鲜的一天

夺 走

◎ 李奕锋

华中师范大学文学院2017级本科生,作品《定风波·战役》获2020年华中师范大学"恽代英杯"征文比赛一等奖。

太阳夺走了月亮的光
留她在漫漫长夜
无尽黑暗之境
点点星光为她剥开云雾
火光夺走了蜡烛的生命
留下失魂的蜡滴
残灯剪影之中
有飘摇火影照亮一方乐土
清晨夺走了我的梦乡
留下残缺的躯壳

梦醒时分之际
有故乡传来问候生命的征程

拄拐杖的父亲给邻居打制凳子

◎ 江　雨

原名何运平,湖南永州人,现居广东惠州,资深记者。在《鸭绿江》等报纸杂志发表诗作多首。

将老屋旧木材的旧时光翻出来
劈出一条枯木逢春的纹路
拄拐杖的父亲
在与母亲回老家休闲的时候
捡起了搁置 20 多年的木工活
给邻居打制两条矮凳

父亲在修缮老屋时不慎摔了下来
幸好有邻居打电话叫了 120
父亲要将感恩凿入两条矮凳
父亲拿出久违的木工工具

就像战士拿起枪一样活络起来
他将拐杖丢到一旁
靠在或坐在马凳上
用墨斗将一瘸一拐的腿弹成直线
用锯子锯开郁闷的旧时光
用刨子刨开生活木然的表情
让紧锁的愁眉在刨木花中舒展开来
让疙疙瘩瘩的人生在磨砺后的光亮里
不再有残缺和遗憾

父亲用四天时间给邻居打制两条矮凳
其实是在给自己一瘸一拐的人生
锻造行走的腿

我愿做生活那一尾鱼（外二首）

◎ 宾 伟

笔名璎鸣，1999年生，河南省青少年作家协会会员，作品散见于《山东诗歌》等刊物。

苦难，如鳞片般
嵌入我的肉体，内心
早已感知不到任何疼痛

我生来孤独无畏。
我是急诊室里常见的客人
呼吸机也成为临时的养母
蒸馏水用翻滚的身姿，怒吼
早已为我准备好悼词

柳叶刀逐渐成为我身体的一部分

时常进进出出，一点点剥削看似不属于
我的肉体。生活的麻药让我失去感知

我开始学会用柔软的鱼鳍
鞭打生命的时辰，追寻一个
生活里未知的真谛，生怕
与自己的灵魂脱节

向 前

如蝼蚁般
在粗糙的人生里攀爬
起起落落，总渴望看见初阳

低垂的夜色总会吊起悲伤
我总想按压夜里每颗喧哗的心
害怕它们总会流露真情

月光如刀子般削着我的倩影
一首安眠曲在稻田地里弹唱
我怕我的生命还没享受初阳
便如曲子般骤然断掉
我的步伐只能顺着时辰向前
而不是往后倒退

向日葵

我喝了很多苦水,可我嘴巴从不毒
不骂人,不说脏话,不爆粗口
老屋臭水沟里的向日葵是我种的

前几天下大暴雨,我以为它背着我死掉
没有悲伤,没有疼痛

今天的暖阳爬上屋顶,阴沟里的它
依然向阳,再向阳

风一来,就摇摆身子努力靠近阳光
从它晃动的身姿里,我看见了活着的意义

咏洪湖莲（外二首）

◎ 匡天龙

北京大学中文系毕业生。中国作家协会会员。湖北省荆州市监利县洪湖镇汴河街道匡家祠堂村人，有著作多部。现在是广东省广州市金火学校校长。

经风沐雨自清淳，谁引芳姿入梦频。
翠盖田田欣出水，红裳袅袅不沾尘。
鳞波倒影浮香远，月色涵空如画新。
映日丹心终未改，年年看醉爱莲人。

游洪湖湿地国家公园

楼台阁榭千尺岸，恰似珠玑散玉盘。
草木多姿人入画，喷泉异彩月阑珊。

汴河九转流天际,苇岛三方卧水间。
诗笔不妨趋五柳,乐歌荆楚赛桃源。

陪母亲住院我给母亲洗脚

怅望关山月,时时挠我心。
萱堂人瘦悴,病榻苦呻吟。
肺腑风邪入,良方药剂寻。
陪床慈母侍,孝悌话当今。

我的战场,无人能挡

◎ 姜露露

四川巴中人,女,1999 年出生,笔名东亭桑,就读于西华师范大学文学院。爱好文学创作。

满目疮痍的战场
枯萎的藤蔓在疯长

每个战士都很疲惫
可我,除了疲惫,全剩下绝望
我听不见,看不见,无法交谈
空气中弥漫的渣滓掩埋了我的身躯
我死死地抱着黏稠的黑暗
匍匐在无边的恐惧中,不敢希冀明天——

对,我承认我是主角

可我已经没有心情为你阐述作为主角的荣光
连身体绽放的玫瑰,也没有芳香
在生杀予夺的战场上,比声嘶力竭的蝉还悲伤

你说,这是我的战场?
别逗了,恐怕你自己也觉得好笑
啊——又一具尸体扑倒了我
我已经没有丝毫力气与你寒暄

等等,你问我
难道我甘愿和背上的生命一起默默离去?
不!我已经这般难堪地陷在血泊里
为什么还要在蝙蝠的翅膀中悄无声息!

对啊!你在我的脑子里种下了一根盘虬到天际的藤蔓!
我的灵魂还能嚎叫!
我怎样想,谁能挡?
难道你很荣幸
掐灭一根离开河水的苇草?

啊——我的意志,在为我宣战!
燃尽的血液也能照映出红光
我的战场,无人能挡!

并着肩同行

◎ 姚俊名

在校大学生,三好学生,优秀共青团员,曾连续两年荣获国家励志奖学金。

其实我们热切的希望
在你们的心里
这个世界会是如此这般美好

你说你看不见世间的纷繁绚烂
如此也会隐匿掉诟病在角落里的黑暗
你说你听不见山川小溪,蛙声虫鸣
这般也不再有风啸雷雳中的哭喊
你说你无法向世间倾诉你的爱意
安好伴着微笑会浸透出最深情的温暖

这是个美丽的世界
我们都会稍显平凡
都会错落在不同地方习惯匆忙
习惯总抬起头望向远方
习惯向着未来不停流浪
我们都是同行的路人
并着肩
将心底最赤诚的热爱
化作照亮世界的各色暖阳

这是个最惊艳的世界
如此，这般，安好

逆 流

◎ 徐瑞阳

就读于四川外国语大学。2岁便查出脊肌萎缩症,医生当时断言她活不过4岁,可这样的她,走遍了世界近二十个国家,还以607分的高分考入四川外国语大学,把无数的不可能变成了可能。

破浪乘风,不惧
逆流
心若向阳,何愁夜半无光

洪水冲破河堤
欲
把你的一切卷入深渊
抹掉痕迹

两岁半的承诺，是一只
纸船
载不动身躯，却牵着心灵，穿过一个个漩涡
从黑暗驶向光明

船未靠岸，水面仍有
波澜
水下泛起银辉

致敬生命

◎ 李晨辉

自由撰稿人,"80后",河北承德人。文字散见于微信平台、豆瓣书评、报纸杂志等。著有个人文集《如果当时忍住就好了:各种情绪失控以及如何提高自控力》。

漫漫人生路,
面对生活的曲折起伏,
不能丧失斗志。
每个人的人生都有不同的经历和考验,
就看如何面对生活的苦难。
在残酷的现实面前,
不能放弃对生活的热爱。
勇于承担责任,
从沮丧中走出来。
不逃避现实,

重新点燃对生命的热情。
有了对生活的态度和尊严,
一切都会为你让路。
继续拼搏,与爱同行,
转换人生的赛道。
成为生活的多面手,
和参与改变世界的奋斗者。
珍惜当下的每分每秒,
走向我们的小康生活。

我愿意成为一只飞翔的天鹅

◎ 胡庆军

笔名北友。1969年生。河北黄骅人。现居天津。中国散文学会会员、中国诗歌学会会员、天津作家协会会员。主任记者职称。曾出任多家刊物、网站编委、副总编、主编。作品被收入50余种文学选本。著有诗集多部。

我愿意成为一只飞翔的天鹅
在广袤的天空中，倾听一种浩渺
静静地感悟一种沧桑和遥远
在目光企及的地方寻觅一幅幅壮美的画卷

在天空中飞翔，我就是一片风景
展开的想象，可以随便到一个地方
让那些宛如美丽仙境的风光挡住视线

或者让心纯净，让想象高远

一只天鹅，可以让美丽的景色守在别人的目光
让所有的愿望扣响心弦
让缤纷、斑斓相约着绽放
让那些俊美、清新在阳光下灿烂

就在风中陶然醉去
荒芜了的心情在一刹那迷失
任凭一片云遍布在四周
任凭一抹浓郁耀眼的风景附在目光的边缘

就让飞翔成为一种感觉
就让一种持久成为凝聚的力量
思绪如花，所有的静谧让心沉溺于优美
展开的翅膀是遥远而干净的味道

我是一只天鹅，在飞翔中留下浓墨重彩
徜徉在时空隧道，每一处历史和现在的痕迹都展示一段辉煌
每一个壮阔的历史事件都叙说惊天动地的故事
每一个传奇式的历史人物都好像在触手可及的地方

我就是一只飞翔的天鹅
天空中，找寻蜷缩了很久的快乐
找寻生命里寄存的风景
打捞那些被遗忘的感动，然后在流年里绚丽成花

摸出来的大学梦

◎ 喻剑平

湖南省作家协会会员、中国诗歌学会会员。出版诗文集《昨夜落花》《城市屋檐》《醍醐之旅》《随遇而安》等四部。在《中国青年报》等报纸杂志发表品若干。现为岳麓区文联主席。

题记：长沙市特教学校盲女孩谷鉴岚用勤奋和努力摸开了音乐学院的大门。

如果岁月是一条河流
我要努力摸清它的方向
如果黑暗是夜的本色
我要努力摸一摸星星的光亮

盲文是儿时玩过的小蝌蚪吗？

它的尾巴是否又细又长?
竹子是小时候门前屋后的那一种吗?
而今我摸着它们,笛声是否悠扬?

无论是课堂,还是病床
摸着师生们温暖的手掌
摸着父母亲亲切的脸庞
都能抵挡住日子的冰凉

管乐,弦乐,我摸着这一切
就像摸着亲爱的故乡
就像摸着美丽的殿堂
没有谁能阻止我做自己的王

在求学的课堂
我抚摸课本和梦想
在赶考的路上
我抚摸火车和远方

今天,我摸着录取通知上的金烫
任泪流成河洗刷所有的忧伤
我知道,上帝为我打开的那扇窗
其实,一直连接着梦想和远方

哑巴姓周

◎ 华　石

原名吴良琴，现居长沙，业余文字分行爱好者。诗作散见于《湖南文学》《湖南日报》《湘江文艺》《散文诗》等刊物。

哑巴姓周
像一条豁了口的田埂
瘦长，又倔强

挑水，种田，做缝纫
把日子过得，不紧不慢
偶尔下棋
陪纺纱厂的老李
高兴或沮丧地
撂下两捆

自己种的冬蔓青

哑巴想赵丽珍
想得发狠
做不得事,就折纸鹤
折了拆,拆了折
一天只折一支
满屋子装不下,就挂树上
一直挂到村口
挂到赵丽珍
终于回来收

哑巴做衣裳的时候
整个村子,水杉,枇杷
油菜,辣椒和南瓜秧
都小心翼翼地
安静了下来

前屋的柚子树,也姓周
像一辈子的哑巴
怨过自己
也迷恋过大地

父亲,从不穿短袖

◎ 朱继忠

笔名木人,现为湖南省作家协会、湖南省诗歌学会会员、长沙市岳麓区作家协会副主席,诗词楹联协会理事。作品散见于《青年诗歌年鉴》等报刊和选本。

父亲,熟悉而陌生
古稀之年,话也越来越少
在岁月流逝中清清淡淡
两鬓风霜,满脸皱纹
右手,从臂弯到手背都是肉疱
小时候躺在父亲怀里
他说只是胎记,不疼不痒
只影响插秧,换左手多练习就好
偶然发现一张残疾证
各种优待在泛黄的纸上沉寂

没有登记和使用的痕迹

父亲说,不需要任何证明

发证的日期似乎溜出了我的记忆

突然想起,父亲从不穿短袖

喜欢微笑而手势极少,不喜热闹

不高的个头,是种田能手

没读过几年书,字写得很隽秀

没学过木匠,架管上的身影很稳

晒得黝黑,剪掉稀疏的白发

步子越来越慢,一直走得很坚定

没有驼背,还记得坐在他肩上

没有说过重话,每一句话都很重

和他的右手一样,异乎寻常

习以为常,不嫉妒短袖的凉爽

躲在一畦清风里,不需要吆喝什么

生　活

◎ 李　立

湘人，红网《李立行吟》专栏作家。1985年发表处女作。作品见于《诗刊》《人民文学》等百余种报刊，入选各种诗歌排行榜及年度选本数十种，获诗歌奖十数次。出版诗集、诗歌随笔集和报告文学集五部。

他的手，比脚利索
她的笑容，比语言亲和
租下小区一层一间几平方米的空间，培育
自己的姻缘和奋斗，已有经年
人们的日子难免不需要缝缝补补，他俩
手艺精湛，价格公道，童叟无欺
大家放心地把用旧的行装和起居
扔给他们，取回的一定是满心的欢喜
和情不自禁地赞许，后来

这对残疾夫妻回乡下建房去了,小区的人
总感觉自己的生活,有些残缺

命 运

◎ 汤红辉

红网文艺频道主编,湖南省网络作协副秘书长。成功主持策划并执行第二届、第三届中国张家界国际旅游诗歌节。有诗歌、散文作品散见于《诗刊》等报刊,作品入选各类诗歌年选。主编出版《写给张家界的精美短诗》。

若是一颗种子
若是被鸟落悬崖
没有了沃土
也要在缝隙中求得生存

若是一片瓦
若是被打成了碎片
不能遮阳挡雨了

也要填平行人的坎坷

若是一块美玉
若是命运让你重新选择
宁可摔成碎玉
也不要　不要
装饰在别人的胸前

尘世将被水滴穿透（组诗）

◎ 温　青

生于20世纪70年代，河南省息县人，中国作家协会会员，河南省信阳市作家协会副主席。著有《指头中的灵魂》《天生雪》《水色》《天堂云》《光阴书》《本命记》等。曾获第一、二、三届何景明文学奖，首届河南诗人年度创作奖，第二、三届河南省文学奖，第二届河南省杜甫文学奖，第二届河南省五四文艺奖金奖，第三、六届河南省文学艺术优秀成果奖，第五届全军网络文学大赛一等奖，第十二届全军优秀文艺作品奖，"华语新诗百年百位最具实力诗人奖"等。

孤残儿童

食品、衣服和一扇铁窗

在你眼中不停地晃
我来时,你晃着窗外的天
我走时,窗外的大地安于现状

秋色将尽
漫山遍野的灌木毫不慌张
习惯了漠视眼前
也许幸福就在远方
也许跨过远方就是天堂

智障者

世上笑脸最多的人
拥有的最少
他如此幸福
从来看不见一点点罪恶

每当罪恶来临
他总能笑嘻嘻地逃脱
他可以随时放弃一切
除了一身污渍、破烂和一脸憨笑
当然,你可以理解为自嘲

孤寡老人

生下大山和河流
便只剩下了一把骨头
血和肉都寄给来世了
人间还是那样
不能拖欠一分尘土

邻居家的儿女
和云彩一起,从门前飘走
你守着一棵老树
弯曲着,也长出叶片
与梁上的鸟巢
叙谈家谱

肿瘤病房

长得最快的那位正当壮年
女儿还小
秃顶的斑驳上
驻留着妻子十分钟的微笑

老母亲用一滴泪炖好鸡汤

老父亲用一盘乌木棋
架起对付尘世的车马炮

天空如此倾斜
给出一道进入天堂的斜坡
这是一个家庭的肿瘤
将把整个尘世挤爆

尘世将被水滴穿透

每天目睹水滴筹
比泪水更加尖利的刀刃
反复削磨一块又冷又硬的石头
森然的切割之声
将尘世穿透

水比死亡有力
在病痛的石板上
绘下人间崩坏的刻度
我每人资助二十元
把心脏深处不断裂开的漏洞
一次次封堵

灵异三章

◎ 吴昕孺

湖南长沙县人,1967年生。中国作家协会会员。现为湖南省作家协会教师作家分会常务副会长兼秘书长。出版长诗《原野》,诗集《他从不模仿自己的孤独》,中篇小说《牛本纪》,长篇小说《千年之痒》等20余部。

哑

上帝把声音锁进一个盒子
却忘了给我钥匙
我背着那个盒子,却发不出
任何声音。我以沉默
应对万物。我怀揣的宝贝

铮铮作响,有如琴弦
但只有我自己听得见

聋

静寂对我来说并不可怕,它不是墙
也不是透风的栅栏
它是我通向所有事物的辽阔通道
与一般人不同的是,他们耳朵里
蚊蝇乱飞,猛虎绕林
而我本是上帝的一只耳朵,能听到
隐于风雷的阵阵龙吟

盲

我以为光明都是黑色的,摸索
是最快捷的行进
我以为万物皆虚幻,凡触摸到的
都是灵魂本身。我从不知道
表象为何物。世界窃取了
梦的面孔——我看到所有声音
都来自于声音内部

活成一束光

◎ 初淑珠

中国诗歌学会会员、中国散文家协会会员、山东省散文学会会员、临沂市作家协会会员、罗庄区作家协会理事。近年来诗歌、散文在《散文天地》等各类文学报刊和文艺网站上发表。

一只手一次次托起篮球
无臂的长袖如飞舞的闪电
照亮篮球场欢呼的人群
你坚毅的目光
承受了多少磨难啊
却全都化成了一束光
你是少年的楷模

街头的孩子抚摸你钢制的双腿

这是有肉肉的机器人吗
你微笑应答
是啊是会跳舞的机器人啊
舞动的长裙下那双腿
和你的笑脸
熠熠生辉

如瀑的长发下永远挡着那只眼
笑容却比春天灿烂
你和孩子一起在田野奔跑
在知识的海洋里畅游
把阳光和爱播撒在乡村儿童的心田
你是最美的人民教师

活成一束光
有一种精神叫身残志坚
尽管命运多舛
你们依然笑看磨难
向往明天
活成一束光
未来会更加绚烂

眼下，他的稻田金黄

◎ 早布布

湖北省作家协会会员，中国诗歌学会会员。作品散见于《诗刊》等海内外报纸杂志与网刊，作品入选《2019中国诗歌排行榜》等选本。

庚子年秋天
潜口民宅入口处
一群居民围住推着米袋的老者在那谈笑
他们对他说哑巴：这位女士要给你拍照
转过脸，脊背挺直
让我看到不远处
古徽州田野、山川、沟壑与池塘
洗得发白的蓝天，这些朴素事物的缩小版
他的蓝布衣，秋柿一样明亮的笑
在我的镜头定格，我幸福

我在记录一个懂得感恩生活的人
他们抢着对我说：
哑巴打工，种田，每年还养 10 多头猪
家里出了两个大学生

他们用古徽州方言
代替他回答我的敬意
临别，我用湖北方言说，再见，老乡，他依旧
笑，一段洁白的好牙齿
背后是年代久远的徽派民居
眼下，他的稻田金黄

会刺绣的维纳斯

◎ 刘雅阁

北京人,老舍文学院第二届中青年作家高研班学员,2015年自驾车赴北极腹地探险,著《自驾万里征北极》。曾获中国青年诗人奖,世界华语童谣童诗大赛二等奖,张家界国际诗歌节大诗歌赛二等奖等。

你被人群围观
啧啧称赞,你飞针走线
不是用手,而是以脚——

儿时,雷电的利斧
斩断了
你的双臂——"活下来"
像一粒
惊魂未定的

灰尘。相信妈妈的话
你会长出新的手臂

等待中,你长大
你学会用脚——
洗脸、刷牙、穿衣、做饭
用筷子、切西瓜、描眼线……

渴望远方和自由
你离家出走,来到城市
却身无分文
你睡花坛,捡拾垃圾
喝公厕的水……为了生存

你绣十字绣。你的脚趾
却不能捏起那枚绣花针,苦练
365 天:一遍、两遍、千万遍
针针见红、针针刺伤
你的自尊和脚面

黑夜里,你孤独支撑
——你是自己的灯
也是自己的光。你执意
要用针和线把失去的手和臂

重新缝合回你的身

后来，你赢得刺绣冠军
你绣着自己的人生——"要有价值"
雷电亏欠你的，你自己充盈
你脸上洋溢的光
照亮了我被生活按在地上
反复摩擦的心

一转身，你竟然那么美
会刺绣的维纳斯
祝愿你今生也拥有真挚的爱情

让他们的生活充满阳光（外二首）

◎ 龙晓初

广东省民间文艺家协会会员，加拿大《七天》报专栏作家。作品发表于《诗刊》等报纸杂志。入选《2018中国青年诗人作品选》等多种选本并获奖。

有些人永远都
看不见花儿的笑容，
听不到鸟儿的鸣叫，
甚至永远都没有
"站起来"的权力……
他们以残缺的身体
在这个世界上艰难地生活着，
忍受着常人无法体会的痛苦，
但他们并没有被社会忘记，
温暖和关爱

让他们的生活充满阳光。

让健康的灵魂,飞得很高

这个世界上最痛苦的残疾
是灵魂的双脚无法走动,
只能坐在轮椅上,
吱呀吱呀,
从原点摇回原点。
而那些身体上残疾的人,
他们的灵魂,
却可以飞向很高很高的天空,
一切苦难的事物,
都拜服在他们的脚下。

平等的眼光

我们都一样,一样怕受伤
无论是心上的创伤,还是身体上的受伤
残疾人是人类大家庭中的平等成员
他们只是身体存在缺陷
但他们和普通人一样
是一个独立的个体
享有平等的权利

我们应该用平等的眼光
去对待他们

大 爱(外三首)

◎ 易 勇

48岁,四川江油人。现在非洲务工。从小爱好文学,喜欢诗歌创作。

又现炊烟直,无雨亦无晴。
和风潜入夜,天父地母心。

星 座

平江一马川,高瓴又见楼。
海天谁比阔,银河泛中流。

实 诚

壮志凌云处,感同身受时。

莫道尘与土,平步真英雄。

真心英雄

青烟直直月下白,修林正正光中黑。
但使竹子汇成海,正直抱团荡气回。

闻何西卓事迹有感[1]

◎ 黎沅堃

南边文化艺术馆文学创作委员会会员。热爱文学、音乐、大自然,并将它们视为自己人生的一大乐趣所在。

晻霭浮云苍狗变,訇然霹雳日光湮。
转收萤焰频悬案,辞却风鸢不慕春。
笃志凌云飞北海,勤思夺锦跃平津。
试观纡郁傅岩下,尚有高抟版筑臣。

---

[1] 何西卓身高只有 1.30 米,残疾人,被济南大学录取。

我们的中心（外三首）

◎ 枫　子

李小英，笔名安琪英子、枫子。现居湖南衡阳。已出版诗集《蝶舞》，主编诗集《那些》。有诗歌发表《湖南文学》等刊物并获奖。

所有的鱼水和情缘都往中心去
所有的鸟语与花香都从中心来
这是日月星辰告诉我的

我有一颗炽热的红心，需要种子与土地
我追求绿叶恍惚的美，避开果实的说辞

因为村庄经历了革命
还它们一面旗帜，一座丰碑，一首赞歌
所以我要把身体还原成泥土

告诉河流农田,告诉水稻蔬菜
党与人民的关系
血与肉的关系

经过陋室

路过,一层60平方的平房
屋里将空无一人,除去苍茫的暮色
只有夏日蜷伏在没有玻璃的窗穴
"这户对象是低保户吗?"
组长介绍:准备申请。他三级伤残
四十多岁,老婆离家出走
还有一个十来岁的孩子在读书……

骞见,那陋室掠过一阵闯入的颤动
他们用脚步丈量寂静
孩子与父亲站在城市的边缘
如同出现此屋门口

"您,帮这户人家现在申报吧,再替他签个名。"

他

瓦屋组的池塘里只有一个光膀子的男人
躬着腰,双手拿着毛竹竿
顶着烈日,像是在赶鱼
不,他是在赶星星,赶月亮,追太阳
他放下毛竹竿
毛竹竿静静地躺在水面

他与路人甲与清风对话
毛竹竿奋力击水
鱼们开始乱窜
他也开始滔滔不绝,自言自语
他再三叮嘱:"这里所有的池塘,所有的河流
所有的鱼儿都是我的。你们不能在这里钓鱼……"

他觉得自己什么都能干
有使不完的劲

中 秋

中秋,不一样的中秋
当我们提着一轮明月走进敬老院

却发现孤寡老人的窗外很瘦
像他们残疾的干瘪
像他们手中的拐杖
像他们坐乘的轮椅
天边慵懒的白云,从一边浮到另一边
仿佛这儿闲坐与她不相干的人
中秋节,历来有几种称呼
月夕、秋节、仲秋节、追月节、女儿节
他们待在这清瘦的角落
仿佛睡在尘埃里,感受周围空气的寂静

秋日·母亲·棉衣（外一首）

◎ 宋永亮

1993年出生，在17岁时打工摔伤脊髓，导致完全性截瘫。

深秋的风里，
飘落的桐叶黄了院子，
新生的麦苗绿了田野，
母亲开始拆洗我过冬的棉衣。

命运开了一个残酷的玩笑，
长到17岁的儿子摔断了脊梁，
瘫在了床上，
做起了婴儿。
山一样的悲伤，
海一样的心痛，

母亲的伤口该有多深?
母亲无暇舔舐自己的伤口,
我吃喝拉撒离不开母亲的伺候。
朔风扫尽枝头的叶子之前,
拆洗缝补我脏污的棉衣,
是母亲永不忘却的大事,
二十八载从未间断。

粗糙的双手,
专注的眼神,
穿针引线,
把爱纳成温暖,
把温暖缝补成棉衣。
再给儿子,
缝上疼爱的泪花,
为我遮风,
为我挡寒。

一年年桐叶儿飘
一年年麦苗儿青
秋日阳光里的母亲,
慢慢佝偻了身躯,
花白了头发。

像个战士,一路摇向远方
　　　——致敬百万截瘫伤友

有这样一群人,
他们的数量多达百万。
在人生的旅途中,
他们遭遇了截瘫。

就像五月油绿的梧桐,
被拦腰斩断,
血液和泪水汩汩而出……

那些曾经曼妙起舞的腿,
那些曾经球场上跳跃的腿,
那些曾经工地上挥洒汗水的腿,
……
都仿佛被施了魔法,
成了麻木的摆设。

那些生龙活虎的生命啊!
吃喝拉撒都成了难题,
顺畅呼吸也变成了奢望,
没日没夜的疼痛火上浇油。

命运的急转,
足以把内心和身体毁灭。
多少无眠的长夜我们泪流满面……
轮椅与病榻似乎是我们唯一的归宿。

当前路出现了泥淖,
当我们的双脚再也无法跋涉;
当人生的航船遭遇骇浪,
当翱翔的猎鹰碰上闪电。

是生存还是毁灭?
是地狱还是天堂?
我们的心在浪尖上打战。

不想毁灭唯有前行,
用不屈的心和噩运决战。
命运让我们以轮代步,
那就接受命运的安排,
用轮丈量远方。

属于我们的远方像一个战场,
愿所有的伤友如战士一样坚强。
像个战士,

一路挥洒血汗，
一路摇向远方——

点　赞(外二首)

◎ 陈放平

1994年生,重庆南川人。作品见于《诗潮》等刊物和选本。民刊《佛城诗歌》编辑。

每次更新
空间动态
众人都会
纷纷点赞
不管是随手一点
还是用心点之
我都心怀谢意
但游鑫给我点赞
我格外感激
他双臂截肢
是用脚点的

节　拍

她生来左腿带残

走起路来

微微有点瘸

但正是这

让她的高跟鞋

在地板上

敲出不一样的节拍

是单位里

最好听的

慢生活

一个老头

患腿疾

缓慢迈着

小碎步

他是景区里

欣赏风景最慢

也最细的人

等他走上一遭

树叶都

变绿三分
我一个健步
把他扔在
时光里

那些花儿（组诗）

◎ 果萌萌

原名杜金丽。"80后"，教师，天资聪慧，喜欢写诗。诗作多见于报刊、选本、网络等。最喜欢泰戈尔的诗句："世界以痛吻我，我要报之以歌。"

住院后

我的世界只有
白白的天花板和
窗外一只只大鸟闪过

那些花儿

骨折第42天

第 3 次手术进行了 9 个小时

被麻醉师催醒后
我对医生说的第一句话就是
我梦到了漫山遍野的花儿

打牙祭

护工李姨把家里的电锅
用黑塑料袋包了
藏到医院的阳台上
护士下班后
她引出插排
炖一锅白菜
加上豆腐　粉条
盛一大碗给我
盛一大碗给 19 床
盛一大碗给 18 床
盛一大碗给自己

悠长的走廊

卧床第 48 天
我被俩护工搀扶着

第一次来到悠长的走廊

一个右臂打着白石膏
一个吊着引流管儿
一个推着助步器
一个坐着轮椅
一个拄着拐
正在散步
一二一
一二
一

希望之光

◎ 冀新芳

滨州市作家协会理事,阳信县作家协会副主席,供职于阳信县融媒体中心。

那个坐在轮椅上修鞋的年轻人
手中的针线很久没有停过
偶尔抬头与顾客低语
淡淡的笑容温暖　干净
仿佛尘世的苦涩
他从来没有经历

当你经过他的身旁
可以若无其事地走过
可以停下来瞧瞧他的手艺
你注视的眼神

仿佛关注一个陌生的孩子
眼里泛起关爱与希望之光

但是
请你不要叹息
他正在努力地
活得和你我一样

遇 见

◎ 王 蕾

滨州市作家协会会员,阳信县作家协会副秘书长。文字见于国内报刊及网络文学平台。

我骑车在路上摔了一跤,
捂着擦伤的膝盖,
我哀叫连连。
这时,
有人帮我扶起了歪倒的车子。
又伸出手来,
要把我搀起。
我委屈地喊着疼,
忽然看到,搀扶我的这位好心人,
左臂的袖子空荡荡的,被风吹动。
我抬头望向他,

他的脸上是关心的微笑。
我回报以微笑，
不再记得那擦伤的小小疼痛。
他在街头遇见了我，
我也遇见了他，
我道谢之后，他转身离开。
阳光照在，
他的，我的，和所有路人的身上；
照在路旁老柳树斑驳的树皮上。
枝条轻摆，
裹着燥热的空气，
遮蔽出地面上一缕缕荫凉。

最美的逆行

——致李梅荣[1]

◎ 祝广信

1967年9月生,莱州市人。现任阳信县文联主席。爱好文学创作,散文作品曾获首届"艾青杯"全国文学大赛佳作奖。先后在《大众日报》等报刊发表文学作品。参与编辑《中国乡镇大全》(山东卷)《山东历史地图集》《中国县情概览》(山东部分)等大型文史丛书。

当你还没来得及把世界看清
那双病魔的邪恶之手
永远地关闭了你明亮的眼睛

---

[1] 李梅荣,视力残疾人,山东省滨州市自强模范。1993年10月,她作为滨州市唯一的代表,出席了中国第三届残疾人代表大会。

从此你便被黑暗包围
"盲人"即为你的姓名
"瞎子"就是你的别称
上帝将你视力清零
命运带给你的不仅仅是苦难
还有那不屈不挠的抗争
柔弱的双肩
背负起沉重的使命
疲惫的脚步
从未停止向远方前行
让暴风雨来得更猛烈些吧
你就是那只折断翅膀的海燕
始终向往着有一天凤凰涅槃
浴火重生
当春天的梨园
繁花似锦沉醉东风
那一朵朵怒放的梨花
便是你灿烂的笑容
把关爱的雨露洒满世界
你就是春天里最美的风景
东方升起一轮红日
那只鸟儿的晨鸣
唤醒你又将开启那段
最美的逆行

深陷的双眸何惧幽暗
那是因为在你心中
充满了光明

逆 光

◎ 程建柱

1977年8月生,山东阳信县人,现从事文秘、宣传工作,滨州市作家协会会员。有散文、诗歌以及新闻稿件在《大众日报》等报刊发表。

沿着故乡的小路
踽踽独行
顽强伴随着你的一生

深邃的双眸
穿透黑夜寂静
繁星指引着你回家的方向

命运的不公
镶嵌在内心深处

百折不回的毅力战胜自卑

逆光的身躯
你独自在河边踟蹰
一个江湖侠客渐行渐远

不一样

◎ 李红梅

阳信县美阳社会工作服务中心理事长,国家二级心理咨询师、文学爱好者。

我来了
因为有了标志
就有所不同
我和别人不一样

妈妈说
你是天使的孩子
你有特殊的使命
爸爸欢笑,
妈妈亲吻
在周围人爱的目光中滋养

内心充满爱的力量
我和别人不一样

上天为我关上一扇门
就会为我打开一扇窗

我选定目标
做了别人做不到的事
我真得和别人不一样

我的汗水
我的艰难
我的疼痛
我的梦想
我的欢乐
真的很好和别人不一样

我做到了
我没辜负上天的恩赐
我做到了不一样

灵魂永在（外一首）

——写给史铁生

◎ 王 宁

教师，阳信县作协会员。诗文散见《山东文学》等杂志及网络平台。

你的前途与梦想
和双腿一起
跌倒在青春的路上

渡涉苦难
绝地重生
孤独中，长出翅膀

坐着，活
活出大写的人生

活出生命的激昂

你是坚毅的雄鹰
在乌云翻滚的天空
顽强翱翔

你是勇猛的海浪
与命运的岩石搏击
浪花飞扬

你是微笑的向日葵
默默藏起生活的悲伤
明媚生长

你是山崖边碧绿的残树
你是浴火涅槃的凤凰
你是乐观，是坚韧，是刚强

你的名字掷地有声
你的灵魂永在
留给世人无穷的精神力量

无言人生

晶晶,一个闪光的名字
被疾病暗了下去
被哑巴替代
漂亮的女孩当了妈
一手带大两个娃
啊啊呀呀
单调的音符交流世界
比比画画
勤劳的双手操持着家
针线手工
种地栽花
样样活计都不差
无言人生
平凡,而伟大

渴望一缕阳光

◎ 漠 飞

原名李方国,山东省阳信县人。文字散见于《大众文学月刊》等报刊及文学平台,部分散文、诗歌被网络转载及诵读。系山东省散文学会会员,滨州市作家协会会员。

漫漫长夜,路是这样的漫长。我在孤独地前行,星星竟然无光。

寒风吹得瑟瑟发颤,但我依然背起我的行囊。我要翻越这座漆黑的大山,去寻找心中的那缕阳光!

夜,是这样的黑,空中没有月亮。乌云似乎就要压下来。它们想阻止我的前行,扼杀我的梦想。

但,他们错了!夜空再狰狞,也阻止不了我已经前行的脚步。我依然挺起我的胸膛,开始了我艰难地跋涉。

因为，我要去追寻心中的那缕阳光！

一阵雷声轰鸣着在寂静的山谷炸响，一道闪电凄惨的白光把崎岖的山路照亮。路旁的树木在雷声的轰鸣中瑟瑟发颤，被闪电冷酷的白光映成魔鬼的模样。

暴风雨就要来临，但我依然挺直我的脊梁，朝着我心中的远方，步履坚定、意志昂扬！

因为，我要去追寻心中那缕明媚的阳光！

暴风雨夹着冰雹，疯狂得从天而降。我的头发被淋湿，眼睛被迷茫！但，风雨声中，我却听到《命运》交响曲的壮美乐章！那"咚、咚、咚"沉重的音符，分明是命运之神把我的心灵之门叩响！

我看到贝多芬眯着深邃的眼睛，用心灵的双手，把《英雄》交响曲奏响！铿锵有力的音符，从他的指间流出，激昂动人的旋律，在狰狞的夜空回响。音符中已展现出一派春日的景色，旋律中已放射出灿烂的阳光！

暴风雨，你来吧！我对着漆黑的远山，向着狰狞的夜空，大声地呼喊！我的呐喊声伴着轰鸣的雷声，在山谷上空久久的回响。我们要比试一番，看谁的生命更顽强！你能疯狂多久？你只能肆虐一时，你的隐去，我就会看到最灿烂的阳光！

昂起我高傲的头颅，背起我沉重的行囊，冒着风雨，踏着泥泞，迈开了我坚定的脚步……

我坚信，翻过这座漆黑的大山，渡过这漫漫长夜，就会迎来心中那缕最灿烂的阳光！

我不能停（外一首）

◎ 孙慧芹

阳信人，滨州市作家协会会员。

我知道，回头就会远离苦痛
但是那个安稳的世界里，有风
它咆哮着
带来凄冷
会把我的生命定格成
行尸走肉般空洞

渴望的呐喊
抵过身体上永不痊愈的伤痛
终点的欢呼
包裹我所有长夜的独行

所以,不能停
不管是身体,精神,还是冲动
凭借着这一口气,用所有的坚持
换来不让自己退化为
懦弱的逃兵

浴火重生的凤凰

那一年,我再次考研失利
他从那个繁华的都市发来消息
说不能再等我
心情瞬间就像这个小城的梅雨季节
失去了太阳的光芒

每天撑伞在那条街游荡
常常看到一位美丽的姑娘
坐在店里绣十字绣
穿一件素雅的衣裳

我收伞走进店里问
你这里能不能代绣
姑娘嗯了声
问我想要哪一幅
我不确定自己想要什么

就像并不知道自己进来的理由

姑娘从绣架后转出来
竟然　坐在轮椅上
她举起手里的杆子取下一个十字绣
我看见她打开十字绣的手
修长　白皙　漂亮

图上是一只
浴火重生的凤凰

姑娘的手指慢慢滑过凤凰的
每一根羽毛
然后用又黑又亮的眼睛看着我
有时候活着真的很难
但是历劫重生后的美丽
也不是每个人都有机会体验

我被偷窥了心事
但却明白了，心，该往何处安放

正名章

◎ 郭　静

爱生活爱月亮的小女子。山东省滨州市作协会员，诗歌散见《太阳河》等报刊。

黑夜，以爱之名，
斗胆向白昼呈上一则奏章
人的面前被加定语的灼痛
似古代的犯人，被刺了青
字不在脸上，刻在心里
像狗蛋，二丫头难听的乳名
不爱，却随身携带，如影随形

友，从小得了儿麻
物质匮乏，科技落后的年代
被冠了特殊的名字

读特殊的学校有了特殊的同学也成了
一个不断超越自我特殊的人
他是朱彦夫,史铁生,张海迪,余秀华
是你我,大写的一撇一捺

如果可以,只想做个幼稚的孩童
用平角,正名一次
一群被上帝含泪吻过
与意外牵手走过路的人
与孤独抗争,挫败忧伤
与时间的博弈中战胜沙漏
让自弃的野草无处萌芽,他们
甚至,与角落叫自杀的魔兽打斗,胜出
不为,一个被冠以鸡雀啄食自尊的
定语,唯一,该是最好的标签

有一天,黑夜与白昼相遇
看,我们有些不同
我说
像两片叶子
你笑

跪行人生

◎ 温　暖

王军辉,"70后"作家、诗人,滨州市作家协会会员。先后在《滨州日报》等报纸杂志发表诗歌、散文多首（篇）。

秋风寄来香甜
用深红叙述火焰
小摊在早上醒来
却不知道

在一个陈旧的故事中
他用跪着的姿势走街串巷
用最屈辱的姿势
走出一个人的尊严

他的面容
在炉火中闪光
仿佛山河依旧明丽
他把一块块红薯
涂抹上人间的烟火色

带火的烟尘
倾诉着他生活的底色
他的脸上还残留着笑容
递过来的每一块红薯
仿佛都是他尚未绝灭的希望
生怕把她弄疼

重 生

◎ 左丽宁

滨州市作协会员。8岁时因一场大火双手致残,面部烧毁。散文《风·石头》入选2017年"山东省首届青年散文大展",散文《选择爱》在山东省作家协会"庆祝中华人民共和国成立70周年"征文中获三等奖。

童年,被火光
扼杀在八岁的深秋
从此,残缺
成了今生甩不掉的影子

告别来苏水的那天,她
牢牢记住了爸爸的话
学习是唯一的出路
课本,教室,图书馆

成了她生活的全部

不求他人给自己怎样的定义
只愿心底有一束光的模样
不问上帝为何留下这份残缺
只想不辜负对自己的承诺

风雨中努力奔跑，朝着
太阳的方向
泥泞中无惧跌倒，活出
梦中的模样

当文字，在拙笔下
放飞心底执着的希望
让努力，去谱写
坚强直面生活的篇章

回望，那些年
写满一路走来的坎坷牵强
今天，让阴影
再也找不到角落躲藏

拼搏，用残缺
勾勒属于生命的色彩

从容，不美丽的脸上
绽放心底最自信的笑容

一个聋哑孩子的人生轨迹 [1]

◎ 窦同霆

山东省散文学会会员,滨州市作家协会会员,博兴县第六中学退休教师。曾多次参与地方志书撰写,诗文多发表于地方报刊及网络平台。

你幼小的时候曾有一个健全的好身体
你长得如花似玉是那么的讨人欢喜
是一场病魔让你黯然失色
从此你的世界陷入了一片沉寂
你才只有四岁啊
何以受得了如此沉重的一击
真的是让人难以想象

---

[1] 本文女主人公——魏方平,4岁时因患急性脑膜炎失聪失语,靠顽强拼搏一路上完大学并参加工作。

你还能够勇敢地奋起

小学、中学、大学你都一路走来

你顽强的拼搏对抗着自己

你真是一个不服输的女孩

你书写了一曲壮歌叫自强不息

"这孩子从小可是受尽了委屈"

你的父母每每这样叹息

真是"深山绝路有行客"

你的老师著文这样夸你

你工作了，成家了

多少同龄人伸出拇指说你"了不起"

你兢兢业业工作的很出色

单位领导直说"我十二分的满意"

你是父母的好女儿

你是丈夫的好妻子

你是女儿的好妈妈

你也是残疾人的好镜子

我要问是什么给了你奋发向上的力量

是什么让你坚定了钢铁般的意志

你"说"（写）我的力量来源于读书学习

我的前面有海伦·凯勒、张海迪……

舌尖上的奇迹

◎ 耿玉芝

山东博兴人，教育工作者，爱好文学。有诗歌作品在《滨州日报》等报纸杂志发表。

题记：谨以此篇献给脑瘫患者高广利

老天为什么开这么大的玩笑
把灾难降临到你的头顶
脑瘫
注定你人生路上布满荆棘
痛苦
将伴随你的一生

你目睹父母养育的艰辛
恨自己不能自食其力

把父母负担减轻
无奈你身体器官失灵
一切愿望都成泡影
你偷偷流了多少泪
心灵创伤只有自己能懂

你特别羡慕同龄人
拥有健康的体魄
你也欣赏鸟儿自由自在
飞翔在天空
鱼翔浅底
也是你心中的美梦

你不想成为父母的包袱
也不想成为社会的累赘
即便雄鹰折了翅
也要翱翔在太空

你手脚不灵活
只有嘴唇还会动
看到小朋友用手折纸
萌发了用舌头练这一功
几岁孩子能做的小事情
你却如同攀登珠穆朗玛峰

一次次失败

舌头磨起不知多少血泡

无数张纸片吞咽

把肚肠吃撑

一次次挫折

没能改变你的初衷

坚定信念不可动摇

多少年的磨炼

一点一点走向成功

漂亮的轮船　飞机　千纸鹤

是用多少汗水和着泪水

才能凝聚成

用舌头做的糖纸船

获得吉尼斯世界纪录

登上至高无上的荣誉巅峰

即便是正常人

又有几个获此殊荣

你是一个传奇人物

你是一个励志英雄

你用不屈不挠精神

绽放精彩人生
赞誉的掌声和鲜花
将伴随你生命的旅程

马踏飞燕(组诗)

◎ 张君亭

1965年生于青岛,现居胜利油田。山东省作家协会会员,中国石化作家协会会员。作品见诸《诗刊》《山东文学》等。

雕　刻

锋利的刀
深深地刻下去
一道一道的长痕
一块一块的疤
倏然
一个身影
闪电般地

驰骋而去

鹅卵石

满河滩都是
密密麻麻
有大的
有小的
不知道它们
经受过多少岁月的肆虐
经受过多少激浪的撕咬
捡一块托在手心里
安安静静的
多么像一滴坚硬的眼泪
不知
谁的眼角
能够承受得住

树抱石

与一棵大树
大山深处的山坡上
猝然而遇
其庞然的沧桑

我五十年的生命与之相比
如稚子幼童
岁月的冲刷
大树的根部裸露近及人高
几条粗壮的树根中间
抱着一块巨大的石头
石头锋利的棱角
深深地切入大树的根体之中
我能真切地感受到
大石切入的疼痛
而紧紧抱着石头的树根
像人的胳膊

拔　河

说是拔河
既不见河也不见水

一根绳子
是力量的温度计

不动声色的绳子里
蕴藏着一场剑拔弩张的风暴

不必吝啬汗水
那是身体中败下阵去的部分

只能直来直去
绝对不能绕弯子

在这里
向前
反倒是失败

失败
意味着
被人牵着走

一列火车
孤独地自己拔河

放飞了一只鹰

早晨
在院子里看见一只鹰
它误撞在捕鱼的网上了
我把它取下来捉在手里
看着它徒劳地挣扎

我有一种快感
它显然疲惫了
可是
它的眼睛牢牢地
盯着我
盯着我
目光深邃得一点也不疲惫
目光顽强得一点也不疲惫
目光锋利得一点也不疲惫
忽然觉得
我哪里比得上一只鹰
这样想的时候
我的手一松
鹰
腾空而去

草 木

折取一穗草籽
准备来年春天种下
草籽里装满
准备与世界的对话
俯下身
俯下身

零距离贴近地平线
打量眼前高不盈尺的小草
它理直气壮地卑微
正是我心中的壮志凌云

树（外二首）

◎ 闫法泉

1955年生，中学高级教师退休。滨州市诗词学会会员。

山后山前树，
一年一岭花。
冬凌压臂断，
春雨又生芽。

劲　松

风烈三叶落，
雪压一臂无。
何因咬山立，
缘有傲穹骨。

垂　柳

为人撑绿伞，
迎君躬六尺①。
刚中有柔劲，
哪怕鬼折枝。

---

① 尺，音"拗"。

舞 者(外一首)

——写给邰丽华

◎ 王雪岩

现居山东省济南市,自由职业者。自幼爱好文学,有习作见诸报端,多次在全国各类征文中获奖。

在无声的世界里,舒展开
蝴蝶的绰约韵致
在追光灯的聚焦中,舞出
东方的神采

以孔雀仙子臻于完美的呈现,牵动
世人的目光
让一支旋律从寂静中升起
把一双双眼眸擦亮

手臂间有翅膀扇动,有水波荡漾
一朵生命之花徐徐绽放
它弥漫的芳香
陶醉了天下

这舞姿,惊艳了世界
也让世界翘起一个
大大的赞

人生的靶心
　　——写给王燕红

拖着那条残腿,扛着很重的弓箭
走向人生的靶场
汗水在所难免。磨难在所难免
那就把这一切欣然接纳吧

手上打起的血泡,氤氲
再简单不过的日子
成为理想的长轴

风中雨中,直立硬挺地站成
一尊信念的雕塑
让自己巍然如峰

射出的箭镞，划出一道道闪电
一次次命中灿灿闪亮的金牌——
人生的靶心

在我的世界里

○ 郑安江

生于内蒙古呼伦贝尔市,现居山东省滨州市,供职于华纺股份有限公司,山东省作家协会会员。

是的。在我的世界里
不只有残缺和遗憾
忧伤和苦恼也只是暂时飘落的浮尘
你给我清风。我用它拂去心头的阴影
铺开辽阔、瓦蓝的意境
不染尘埃

在我的世界里,不只有泪水和泥泞
艰难也只是命运的一道小坎儿
你给我阳光。我用它打制成金色的手杖
它支撑着我,一次次跨越

横亘的考验

在我的世界里,不只有抱怨和沉闷
灰暗也只是生活的一点配饰
你给我小溪。我用清澈见底的歌唱
将沉睡的欲望与热情唤醒

在我的世界里,不只有懊悔和沮丧
叹息也只是一片枯萎的落英
你给我火种。我把那支松明点燃
并且,举着它走过
蜿蜒、跌宕的春秋

是的。在我的世界里
你给我石头——让我的意志坚韧无比
你给我长路——让我追逐梦想的雄心
执拗。顽强。不舍不弃

风雨阳光路

◎ 董　丽

中国电力作家协会会员，淄博市作家协会会员，文章散见于书刊报纸和公众号。

我曾经是一只自由的鹰
在蓝天上翱翔
我曾想携你走一场红尘路
用深情见证深情　用温暖呵护温暖

现实和血肉摩擦的声音
在耳边响彻。疼痛中听见一声叹息
转眼之间雄鹰折翅
最平淡的梦想化为虚有
从此我的世界一片黑暗

这个忧伤的雨季
用节奏沉重的鼓点敲打过去
屋内发霉的空气是我潮湿的心事
我拿什么救赎自己

阳光落在掌心
云朵落在眉间，用一颗驿动的心
来完成对自己的供养
用一颗诗意的心
来书写那一条风雨阳光路

青丝染雪雨烟漫川
心中那一米阳光尘世间护我周全
细数风雨翩然滋润我的一寸温暖
见证我再一次成长

无须谁的指引已有染色的诗行
用一张白纸重新画一个开始
我用一支秃笔
起伏一个世界的航海

文字教我攀岩
书籍收割麦田，你们是我的那束阳光
照我在黑暗中行走

那是胜利者的出征
是我一生要赶赴的约

我的世界,我的阳光

◎ 泪无痕

原名李炜田,1997年出生,甘肃会宁人。多次在《中国诗歌网》等报刊征文中获奖。

世界啊
你怎如此的无情
收回了我的光芒
斩掉了我的世界
这难道是你对我的惩罚

可是
我还想摇着轮椅
去浏览山川草原
把世人同情变成努力
留下刻骨铭心的过往

只要想以自己舒服的方式活者
让阳光照耀这春天
把这春天做自己的主场
告诉这是世界
我们残疾人也有权力享受阳光

不愿让余生等待
撞破憧憬变现实
这就是我的世界
我的阳光

后　记

　　作为一名业余摄影爱好者，对光与影是敏感的。当我看到《逆光》这样一个题目，首先想到的是那些逆光拍摄的摄影杰作，还有残疾人的生命状态。

　　逆光拍摄，是最难掌握的拍摄技术。尤其是人物拍摄，镜头正对阳光，被拍摄者面部陷入自己在阴影，与背景强光形成强烈明暗反差，拍摄出来的人物，往往是一片惨白中的一个阴影，面目暗淡模糊。

　　一些摄影师和拍摄对象，却偏偏选择了这样的挑战，对逆光拍摄情有独钟。在合适的时间段，摄影师面对一张灿烂笑脸，通过单点聚焦、曝光补偿、白平衡调整、折射补光、俯仰角控制等等，使拍摄对象顿生华彩，身后那一片惨白，变得圣光般华美，让生命绽放出独特的美丽和强大能量。

　　假如身处逆光中的拍摄对象代表了残疾的生命，社会关爱就是高明的摄影师。

　　面对人生挑战，选择逃避还是面对，是人生最重要的课题，不仅对于是残疾人，对肢体健全者同样重要。人生的阴霾，往往是一层心灵迷障。面对挑战，让生命绽放出绚丽光彩是生命意义所在。残疾人是一个特殊的群体，身体残缺，使他们的生命多了些阴暗。就人生哲学而言，阴暗恰是光明的影子，肢体残缺的人，内心世界往往具有强大的光明力量。用社会关爱聚焦他们的命运，焕发出他们生命光彩，是一种社会责任。

我第一次接触到的残疾人，是一个对我生命至关重要的女人，我叫她瞎奶奶。我的记忆是从姐姐的背上，或者说是从瞎奶奶怀抱里开始的。那时候，我大概只有两三岁，弟弟降生断了我的口粮，每天由姐姐背着我，到同龄孩子家赶奶。瞎奶奶家与我家隔三四位邻，是我和姐姐赶奶要去的第一站。一天，大我6岁的姐姐，吃力地背着我，来到瞎奶奶家门口，不料正待抬脚进屋时却被门槛绊倒，一头栽进瞎奶奶屋里。于是我们姐弟俩坐地上大哭起来。

那是一个寒冷的冬日，阳光从逼仄的门洞送入屋内一片小小温暖。瞎奶奶正手持一根木棍，闭目独坐在那一方阳光里。听到哭声，瞎奶奶扔开木棍，摸索着把我抱在怀里，连忙解开怀，把乳头塞进我嘴里，我的哭声渐渐平息。

那段记忆刻在脑海，感恩使我的命运多了些光明。我知道，那一片光明是瞎奶奶多年前的馈赠。

读这些残疾人诗作,我会受一种特殊情愫支配。确切地说,也许不是真正在读,而是在倾听、感悟他们感情激荡。

> 你举起了祭祀青春的酒
> 写下:世界以痛吻我
> 而我报之以歌
>
> 时间磨不掉锋芒
> 诱惑改变不了方向
> 蓦然回首
> 只是有些沧桑
> ……

这些诗句,像是宣誓,誓言里喷出炙热的烈焰,散发出生命之光,却让人感受到一种特有的悲亢,它们字字句句直击心底。

> 唯一不变的是
> 天天清晨
> 他总要亲手升起五星红旗
> 和祖国的未来
> 春风里　春风里
> 娘掐把头茬紫芽

炒盘柴鸡蛋

　　给老爹

　　佐酒　下饭

　　这样的诗句朴实无华，折射着崇高的人性光辉。有些诗句充满哲理，力图揭示生命的本质；有些诗句，略带铅灰色调，却是生命真实的质感，另一种韵致。有些诗作，对我这少读诗歌的人来讲，有些晦涩艰深，同样能感受到深刻的、隐忍的力量。

　　如果诗人之美，是一种诗意陶冶出的气质之美，是倾听他们内心深处的优美乐章时留下的余韵之美，那么，残疾诗人除此之外，还有折翅天使般的残缺之美，而且恰恰是这种残缺美，可以唤醒人类克服狭私，保持相互关怀之大美。

　　北京鸿儒文轩文化传播有限公司、阳信县残疾人联合会、阳信县作家协会，共同策划出版这本书，是关爱残疾人的实际行动，善莫大焉！

刘庆祥[①]

2020 年 11 月 19 日

---

　　① 刘庆祥，滨州市文联副主席，滨州市作协主席，山东省作家协会全委会委员、理事。1992 年开始发表文学作品，作品散见于《解放军报》《解放军生活》《山东文学》《文学世界》等报刊，发表历史文化研究文章 10 余万字。部分作品被《微型小说选刊》《文学教育》转载。